U0122483

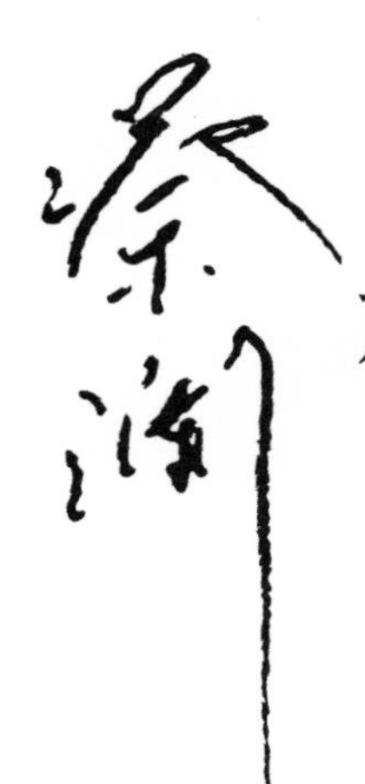

花花世界×日記

編者序

2023 年 3 月底，蔡生意外跌傷後，暫停更新社群網絡，專心休養，日記第二集的出版計劃也就暫時放着。

惟熱情的讀者再三要求，我們和蔡生溝通下，他亦授意把未結集成書的日記繼續出版。

我負責筆錄的花花世界，也仍有部分尚未面世，故此有了這個日記和花花世界的聯乘出版，作為完整的紀錄，也是對可愛讀者們一個最真誠的回應。

天地圖書編輯部

吳惠芬

2024 年 5 月 9 日

目錄

花花世界

蔡瀾日記

花花世界

全球頂級食材集中地 city'super

由 1996 年開業至今的 city'super，是香港人想買較高質貨品的地方，我也是它的粉絲。

這裏有各種各樣的蔬菜，有我挺喜歡的日本直送「小松菜」菜心及豆苗，味道和本地的不同；也有來自泰國的夜香花，煮冬瓜盅時喜撒些在上面，但味道卻遜本地種植的。

收成後便運送到港的北海道粟米，白色的是我常買的，就這樣直接吃已很清甜，喜歡吃硬身的可選黃色。

切碎作餡料的荷蘭茴香（Dutch Fennel），用來包餃子就非常好吃。不用清洗、可生吃的法國苦白菜（French Endive），我最喜愛它的苦味，沾上醬汁，總吃得津津有味。

想做個水果籃送禮的話，這裏由最普通的蘋果、鮮橙和梨子等，到特色的日本奈良縣半乾柿、不同產地的蜜瓜等也一應俱全，可請店員代勞處理。

若嫌日本餐廳提供的兩粒提子吃得不夠痛快，這裏亦有售日本各地出產的。大分縣的香印提子體積較大，清甜味美，可大飽口福。

一束需賣大約港幣 600 元，一顆約十多塊錢，價格昂貴與否，取決於你的消費能力；很難說是昂貴的，最重要是自己喜歡，沒吃過的可以嚐一下。相對於購買名牌手袋，這個價錢就十分便宜了。

當年在西班牙拍攝電影《快餐車》，發現伊比利亞火腿（Joselito ham）的美味，從此就愛上了。

我曾在西班牙買了整隻火腿，放在一個外形如手槍的大盒內，像拿着機關槍去登機，飛到法國送給友人。

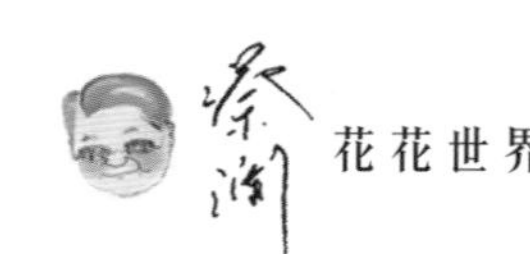

愛上了 Joselito 火腿的美味

不同的火腿款式

如覺全隻火腿太大吃不了，可以選購袋裝的，份量已一份份分配好。

芝士的製造分為羊奶和牛奶，吃過羊奶芝士後，就不會再想吃牛奶芝士了，會嫌牛奶的濃味不足。羊奶芝士是視乎羊吃了甚麼香草，便會有那獨特的香草味。經殺菌處理過的芝士叫加工芝士（Processed Cheese），但很多芝士都沒經過殺菌處理，免味道變得遜色。

芝士類產品也多樣化

$106.0

Brie de Meaux AOP Cheese
$55.00/100g
芝士分為羊奶和牛奶製造
CILENTO
Burrata di Bufala
CILENTO
Mozzarella di Bufala
Campana DOP
Bocconcini

金山生牛奶芝士（Les Freres Marchand）外硬內軟，切開後直接用匙子吃，口感像是吃牛奶一樣。另有形狀一磚磚像卡夫芝士的新西蘭車打芝士（New Zealand Open Country Cheddar Cheese），是在工廠處理過。同樣經工廠處理後仍然好吃的，就是一間法國公司笑牛牌（La Vache qui rit）的產品，公司標誌是一隻掛着笑臉的紅牛，它出產了多款不同口味的芝士。

肉類中我最喜歡羊，也喜歡吃牛，最不喜歡就是雞。有人説美國牛肉較有肉味，但我還是鍾情日本的，無論肉味多濃厚，肉質若硬到咀嚼不了就沒有意思。

自己烹調的話，厚身牛扒兩面各煎約三分鐘，薄的只需每面煎兩分鐘。好吃的牛扒不要全熟透，用平底鑊一邊煎一邊切開來吃，便知道想要的生熟程度。

這裏的冰鮮肉，有賣全界最昂貴，也是最好吃的法國頂級布烈斯雞（French Chilled Bresse Chicken），每 100 克賣港幣 43 元，我選了一隻 482 元的。對食物，要懂得欣賞它的質量，而不是只盲目追求它的價格。

澳洲冰鮮羊扒（Australian Hampshire Chilled Lamb Rack Chop）肉質很軟腍，連五星級酒店都採用。羊扒每面只需煎約一分鐘，就已很鮮嫩美味了。

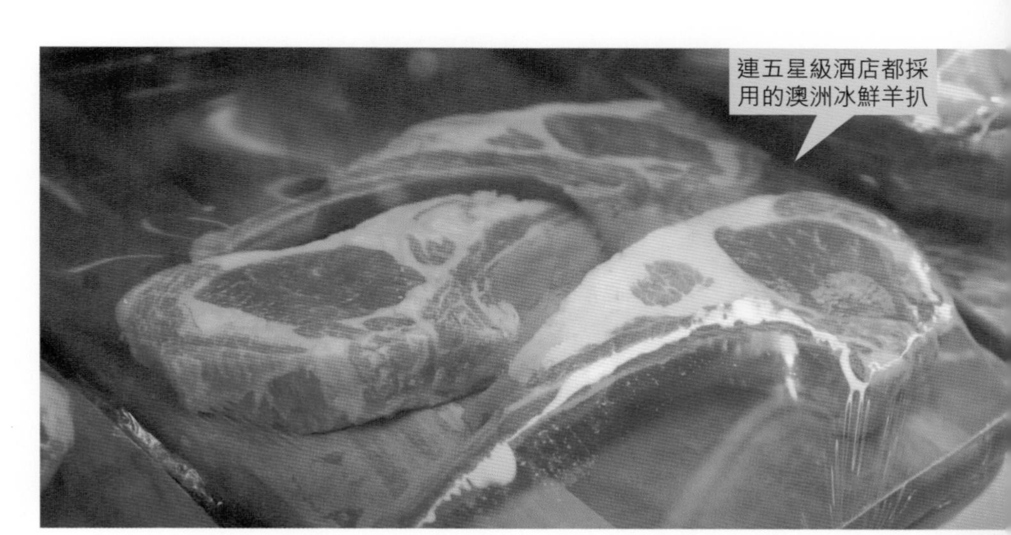

日本人過新年時喝的甘酒，是用釀酒後的米麴所製造，過程中會加水，卻不失甘甜。我常買來喝的「獺祭甘酒」，它由著名的日本酒廠所出產。

我常買來喝的「獺祭甘酒」，由著名的日本酒廠所出產。

在新鮮製造的木綿豆腐或絹豆腐上，放些鰹魚乾和加點醬油，就可直接食用，簡單又方便。

新鮮製造的木綿豆腐及絹豆腐

city'super 也有售「蔡瀾花花世界系列」出品的五款醬料：菜脯瑤柱醬、鹹魚醬、欖角鹹魚醬、紅蔥頭醬和潮州勁辣醬。我推薦給大家的是菜脯瑤柱醬和鹹魚醬，無論用來烹調或拌飯，都是不錯的選擇。

「蔡瀾花花世界系列」出品的五款醬料：菜脯瑤柱醬、鹹魚醬、欖角鹹魚醬、紅蔥頭醬和潮州勁辣醬。

很惹味的菜脯瑤柱醬和欖角鹹魚醬

我大力推薦的鹹魚醬

city'super

網址：https://online.citysuper.com.hk

老招牌的潮式粉麵店
黃明記

黃明記在九龍城已有很悠久的歷史，印象最深刻是每當下午經過，總見店門口在曬方魚乾。

方魚就是大地魚，也是潮州人叫的「鐵脯」，它的魚乾是一種很主要的食材，用來做湯底有種很獨特的鮮甜味。

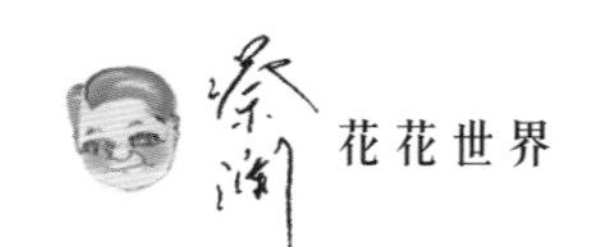

吃過這碗方魚肉碎粥的人，都會念念不忘，一定會回來再吃，我偶然想起都要來解解饞。

方魚湯除用來做粥，在其他食物也能用上。老闆選用大墨魚，把碩大的鬚做淨食或墨鬚撈麵，經方魚湯灼過的墨魚鬚鮮甜無比，而肥厚的墨魚身則用來打墨魚丸。

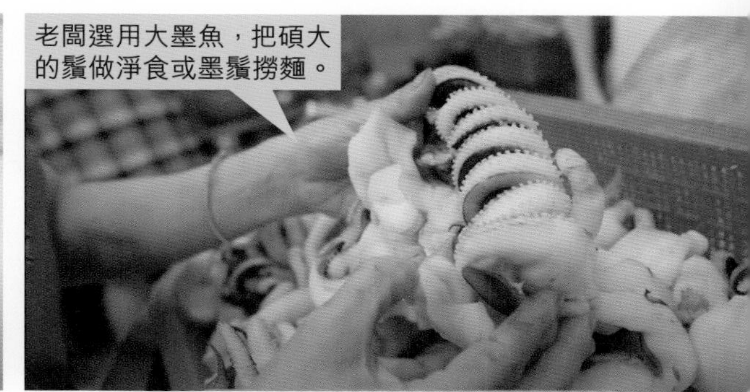

愈來愈少見的鮮炸雲吞，每粒都香脆可口又脹卜卜，原來是用了大鮮蝦來作餡料，難怪雲吞放湯或鮮炸都同樣美味出色。

雲吞用了大鮮蝦來作餡料

另一鮮見的，是他們做的炸鯪魚球，會蘸蜆蚧醬吃，這醬料的味道非常獨特，吃不慣的人是絕對接受不了，但喜歡這口味的人，會覺它和炸鯪魚球是絕配。

鮮炸雲吞和炸鯪魚球

炸鯪魚球蘸蜆蚧醬吃，喜歡這口味的人會認為是絕配。

黃明記的獨特之處，又豈止以上兩樣，還有其他粉麵店較少見的清蒸魚腩，魚腩肥美得叫人吃個不停。我常說，淡水魚一定要吃肥的，肥的淡水魚可以媲美海鮮。

其他粉麵店較少見的清蒸魚腩

始終是主打賣麵，芝麻撈麵就遠近馳名，頗受食客歡迎。與其他麵鋪不同的，是用自家製的芝麻汁。同樣做得精彩的，還有牛腩撈麵。

自家製的芝麻汁，令芝麻撈麵遠近馳名。

牛腩撈麵也做得很出色

經常有很多客人分不出麵店賣的麵是潮州式還是廣東式，要分辨其實很簡單——店內的調味架放有魚露的，就是潮州式，廣東式是絕對不會用魚露的。

潮式四寶：墨魚丸、豬肉丸、魚片頭及魚皮餃，是發哥周潤發的至愛。

墨魚丸、豬肉丸、魚片頭及魚皮餃，這四種食物就是潮式四寶，也是發哥周潤發最喜歡吃的。銀針粉，潮州人稱為「米篩目」，喜歡吃的人會無此不歡。

黃明記舊鋪是在啟德道的，後租約期滿就沒再經營，本來可惜他們當年沒把舊鋪買下來，但原來搬到這新地方也有優勝之處，環境比舊鋪好很多，新鋪樓頂較高，坐着的感覺很舒服，大家不妨多點來光顧吧！

黃明記粥粉麵

地址：九龍城沙浦道 40-42 號地鋪

電話：2716 2929

深水埗街坊聚腳地

中央飯店

開業 66 年的中央飯店，食物種類包羅萬有，價錢又十分便宜，營業時間由早上六時至晚上十時。

早市的各式點心和粥品，由點心阿姐推着手推車叫賣，當今已沒有太多地方仍保留着這種碩果僅存的特色了。

無論是蝦餃、燒賣、潮州粉果、山竹牛肉球、四寶雞札、鴨腳札、豉汁蒸排骨或蓮蓉包等，都是份量十足，看到比我的臉還要大的大包，忍不住童心大發，拿來比試一下，哈哈哈。

份量十足的蝦餃、燒賣、潮州粉果、山竹牛肉球、四寶雞札

大包比我的臉還要大

雖是喝早茶的時間，仍不忘叫了我愛吃的上海粗炒，當然也少不了客家人的拿手小菜梅菜扣肉，沾上它的醬汁來拌上海粗炒，實在妙不可言。

午市的蒸魚套餐：鱠魚、烏頭、盲鱈和黃魚等，適合附近的上班一族。

除假期外，下午二時後，各款點心一律賣十五元，香港還有哪裏可以吃得到？

晚市除傳統小菜：荔茸香酥鴨、瑤柱糯米鴨、八寶鴨和大良炒鮮奶等，還有新派的泰式燒魚和黑椒牛仔骨等。

晚市有多款傳統小菜

這裏除了吃到食物的多樣化，也嚐到人情味。

老闆伍廣祥已八十九歲，師承「海派」（從上海來到香港的師傅）的他，十多歲已在食物館打拚。當時的「海派」師傅在香港極具實力，他們憑着以前在上海花艇工作過的經驗，來到北角雲華酒樓工作。

伍老闆曾做樓面、廚房和點心的工作，從二十三歲創業至今已有六十六個年頭。每天駐足在飯店，關注食物和服務的水準，再跟進一下進貨的情況。

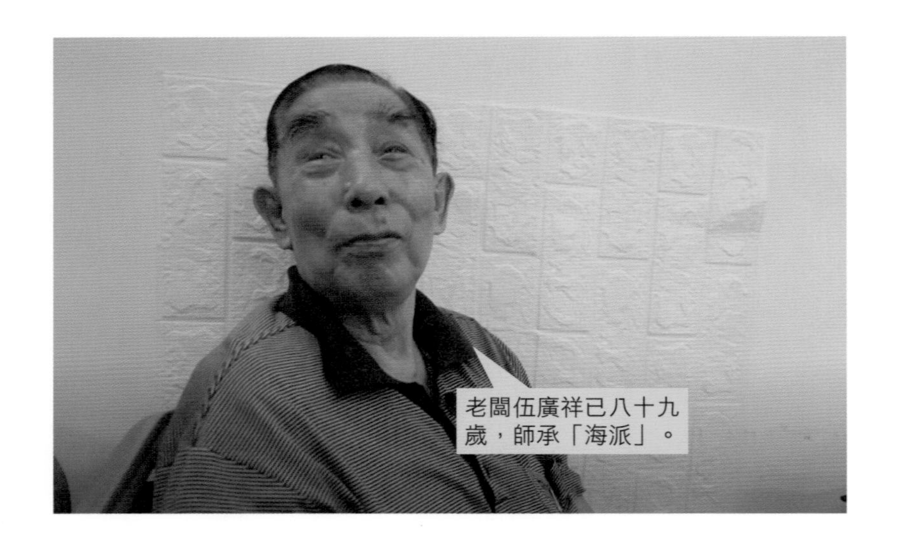
老闆伍廣祥已八十九歲，師承「海派」。

臉孔慈祥態度隨和的他，絕對是一個好人，待人處事都有人情味，難怪在這裏的員工，大部分都年過六十歲，並已工作多年。

伍老闆笑言：「伙計為養家餬口，老闆也要靠他們賣力。不是太過離譜的話，大家都是混口飯吃。你說是不是？到生意添利潤時，便分派給伙計們，沒所謂的，金錢又不能帶到下輩子。」

談到有沒有培訓接班人時，還未言休的伍老闆認為做飲食業太辛苦，身邊的人個個生活美滿，兒女懂事，就算把這盤生意送給他們，也不願接手。待百年歸老之後，就把它交還給政府，取之於民，還之於民。

性格豁達灑脱的他説：「從艱苦的日治時期、市民暴動和銀行擠提，無肉無水等生活都捱過去，現在甚麼都已經沒所謂了，人不用太過強求的，只要能看開一點，那就沒所謂了。」

在香港的生活就是要懂得平衡，無論是中環還是深水埗，都要到處去吃喝，知道它們的價錢，知道會遇上哪些人，閒時和他們聊聊生活……我很喜歡這樣。我不是經常待在中環的人，其實我不太喜歡中環，我更喜歡深水埗這些平民化又有人情味的地方。

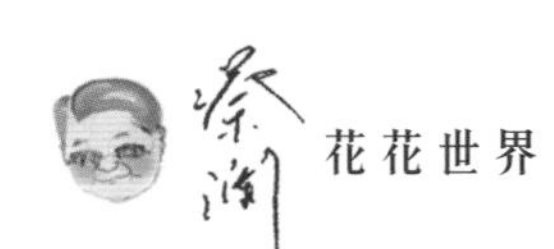

我認為外國的朋友，都會較喜歡這種地方，這裏不會比中環的名店差，價廉物美又有本土特色，值得推薦。

中央飯店價廉物美，又有本土特色。

中央飯店

九龍深水埗大埔道 136-154 號東廬大廈

電話：2777 6888

精緻考究的工夫菜
灣悅 賞·中菜

「灣悅 賞 · 中菜」是由一群前中菜名店員工們所管理的，有老闆很賞識他們，於是聘請了來這裏工作，店子環境佈置得挺好，有多間廳房。

這店雖以鮑參翅肚馳名，但一向非我所愛，我來是為了兩道精緻考究的工夫名菜：雞子戈渣和片皮乳豬。

雞子戈渣的製作過程非常複雜，很考師傅的手藝。

醃料用薑葱闢去雞子的腥味，再拿去蒸熟後揉爛，放雞蛋、生粉和上湯混合已成茸的雞子攪拌。這時控制火候很重要，先用大火起鑊，爆香油鑊即轉中火，把混成漿液的雞子過篩隔渣再轉小火。手藝純熟的師傅要不停攪動漿液，再慢慢推煮至綿滑濃稠。推煮成漿後倒入盤子冷藏待凝固，凝固後切成菱形沾上生粉，放落油鑊炸至外脆內軟，沾些糖來吃，鮮香軟糯，口感很有層次。香港有一位大師姐麥麗敏女士，她做的雞子戈渣非常好，而我們也可以在這裏吃到這個令人難忘的菜式。

輪到今日的主角片皮乳豬上場，它和坊間的乳豬有甚麼不同、有何不同的吃法？首先，通常乳豬外皮都包着一層油脂，但師傅待乳豬燒成後，馬上小心翼翼地把那層油脂切掉，這樣客人吃着脆皮時只覺香脆而不油膩。

這裏一隻片皮乳豬全體是港幣一千八百元，價錢雖較為昂貴，但真的很好吃，絕對物有所值。一般坊間的乳豬賣港幣八百八十元一隻，但質素較為粗糙，這裏卻非常精緻。看得出師傅用心製作、力臻完美，認真的態度令人十分欣賞。

燒乳豬各有不同的做法，在泰國一隻乳豬大約賣港幣三、四百元，但是味道有差異。猶記得我們的旅行團，去到泰國的餐廳，一人一隻乳豬，就這樣豪邁地拿着來吃，偶爾滿足一下也挺有趣的。

我還記得黃霑喜歡吃豬腳和豬排骨，反而不喜歡吃外層的脆皮，我就全隻乳豬都很喜歡。

第二種吃法，就是斬開豬頭，直接把美味的豬臉頰撕下來吃，很過癮。

第三種吃法也是我喜歡的，乳豬不用刀斬開切件，而是把肉一片片地撕下來。原理是，刀斬會破壞肌肉與骨骼的紋路，採用手撕方式，口感更為細緻。

燒乳豬除了外皮要塗上醬汁，豬內骨架也要加入香料及醬料。我在葡萄牙吃的燒乳豬，外皮會塗上一層油，另外在乳豬肚內再塗上一層豬油，這是秘訣來的，但我們從來沒有這樣做過。

吃一隻乳豬要一千八百元是否值得，那就見仁見智，若不是每天都吃，偶然吃一次的話，還不如吃最好的。

灣悅 賞・中菜

地址：香港灣仔港灣道 1 號會展廣場商場 8 樓

電話：2332 9383

網址：https://www.hkmoonbay.com

極上的日本炸豬扒專門店
Tonkichi

說到炸豬扒，我認為 Tonkichi 吉列豬扒是全香港最好吃的。

創始人為我的日本好朋友高木先生，他工作態度認真嚴謹，開創了香港有中央廚房的餐廳。

先在中央廚房處理好食物，分配後才運送出來，流程順暢，運作起來井井有條。

高木所做的食物很正宗，本來炸豬扒可分為東京和九州等的吃法。

而這裏的豬肉，經他精挑細選後，最後採用來自鹿兒島特選的豬。

令人垂涎欲滴的是剛炸好的豬扒，肉嫩多汁、閃閃發光。這除了挑選優質豬的厚切里肌肉，油炸火候也要控制得宜。

店名為甚麼叫「とん吉」（Tonkichi）？

原來日文稱豬為豚，「Ton」（とん）是豚的日文發音，「Kichi」是吉，有「吉兆」的意思。

配麵包糠再油炸的吉列做法，不是日本人發明的。

剛炸好的豬扒，肉嫩多汁閃閃發光。

「とんかつ」是吉列豬扒，「かつ」是來自英語的「cutlet」（炸肉扒），日本人將外國煮法轉化成更精緻的日式料理。

這裏除了炸豬扒好吃，其他東西都很正宗。

點餐時會附上新鮮芝麻連工具給客人自行磨碎，芝麻香氣便會四溢出來。倒入濃稠的豬扒醬汁，再沾

在炸豬扒上，美味無窮。

首家門店創建於 1995 年的銅鑼灣世貿中心，至今已有二十九年歷史了。

這店非常厲害，二十九年來都保持着這味道，堅守正宗的做法，做到最好不作改變，這就是我介紹別人來光顧的原因。

椰菜絲都是由日本運來，是他們的另一個特色，配上柚子汁或紫菜芝麻汁，蔬菜也能吃出甜味。

如果覺得椰菜絲很好吃，店家可以讓客人隨意添加，吃到你滿足為止，也是他們的賣點之一。

其實不單止椰菜絲任添，白飯也可以任添，選用正宗日本米，是他們一直堅持的特色。

自從高木先生離開香港，往新加坡另創天地，這裏就留給香港舊同事經營。

同事把店鋪發揚光大，把以前的一間小店，發展至今已是四千呎的食店。新店鋪仍在世貿中心，另外也有幾間分店，都經營得挺好。

因為是中央廚房的體系，水準維持不變，炸油溫度的控制都已經統一了。

炸豬扒很有嚼勁，但如果認為牙力稍遜，我介紹另一款更為軟腍的吉列原條北海道豬柳定食，豬柳是整隻豬最柔嫩的部分。

人們常說「入口即溶」，這四個字我不太喜歡使用。甚麼是「入口即溶」？又不是吃雪糕，如何入口即溶。

這豬柳咬下去就是軟腍，不必用「入口即溶」來形容它的嫩滑，總之就是軟腍，大家不妨一試。

不吃豬的話，可以吃甚麼？

可以選擇吃松露宮崎和牛，同樣做得很出色。

通常吃日本料理，都會配上味噌汁，即麵豉湯。教大家一個小秘訣，如果打不開湯蓋，試往碗的兩邊用力一夾，就能輕易打開。

吃炸豬扒的話，我推介喝用豬肉、白蘿蔔和紅蘿蔔等材料熬製的豬扒湯，很絕配。

日本人喝湯是不用湯匙的，直接端起來就喝，我們就習慣用湯匙，這裏也齊備。

全店佔地四千呎，設有壽司吧枱，提供魚生刺身和日本小吃等，可以當成是高級的居酒屋。

看到他們用心裝修，把自然元素融入新的環境中，感到很寬慰。

不吃豬和牛，可以選吃海鮮，那個車海老定食，比成年男人手掌還要大的炸蝦，啖之，香脆可口。

車海老定食，比成年男人手掌還要大的炸蝦

全店佔地四千呎

但我還是最喜歡他們正宗的日式吉列豬扒，因為它是全香港最好吃的。

とん吉 Tonkichi

地址：香港銅鑼灣告士打道 280 號世界貿易中心 13 樓 1302 號舖

電話：2310 8806

網址：http://www.tonkichi.com.hk

屹立三十多年的意大利餐廳

Sabatini Ristorante Italiano

帝苑酒店（The Royal Garden）的大堂，有着六十年代挺流行的隔層式建築。

大堂中空可以直看到天花板，兩邊房間的走廊面向內庭，這種經典的設計，當今已很難再找到了。

帝苑酒店的大堂，有着六十年代挺流行的隔層式建築，兩邊房間的走廊面向內庭。

在這裏有一間我非常喜歡的意大利餐廳 Sabatini Ristorante Italiano，已光顧了三十多年，我常先在正門看一下餐牌，看看今天想吃甚麼。

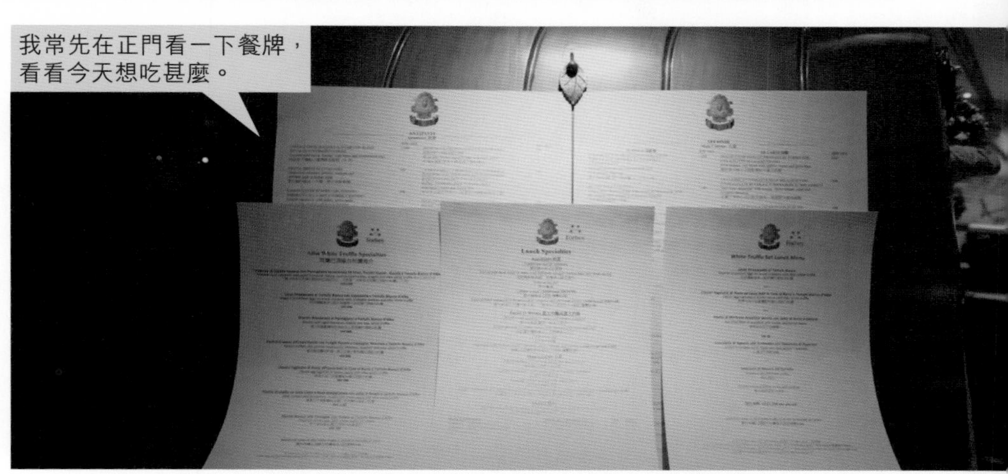

當今意大利餐廳已遍佈全城，但在三十多年前，意大利餐廳並不多，所有的名人或遊客，都會來這裏吃意大利菜。著名男高音巴伐洛堤（Luciano Pavarotti）、多明哥（Plácido Domingo）和卡列拉斯（José Carreras），都曾來品嚐。

他們所有的食材，都是從意大利進口，如：生火腿、莎樂美腸等，甚至連使用的餐具，也都是來自意大利的。

這裏的一點一滴，到目前為止，還沒有再進行過大裝修，仍保留着三十多年前的樣子。

裝修仍保留着三十多年前的樣子，卻不覺殘舊或過時。

當今很多餐廳，裝修不到兩年，已開始殘破了。但 Sabatini 不同，三十多年沒有再進行過大裝修，神奇的是仍不覺殘舊或過時，證明當年下重本去打造餐廳是值得的，也看出他們對餐廳的經營是很用心的。

前菜有很多選擇，包括蜜瓜和火腿。

我初吃意大利菜時，首先接觸的是蜜瓜和火腿的配搭。

當時我覺得神奇，火腿可以生吃嗎？

嚐過後便上癮，認為它們確是絕配，從此以後，變成了意大利菜的奴隸。

店中有一個設計得像一棵樹的盛酒位置，我稱它為 Grappa 樹。

店中盛酒的位置，我稱它為 Grappa 樹。

Grappa 是把葡萄的皮、果核和枝梗等，釀酒剩餘物釀製出來的烈酒。

最初是鄉郊農民解決酒癮而自釀來喝的，而我是餐前喝。

今餐我先來一杯 Grappa Moscato，Moscato 的味道相對較甜，一飲而盡，我稱它為「Happy 水」，喝了便會很高興，這頓飯一定很好吃。

餐前我先來一杯稱為「Happy 水」的 Grappa Moscato

有機雞蛋配白松露及北海道帶子，廚師先盛上煎帶子和炒蛋，然後提着當造的阿爾巴白松露到客人跟前，一、二、三、四，迅速刨下四片，別看它薄薄的，香氣可撲鼻，是最能品嚐到白松露滋味的吃法。

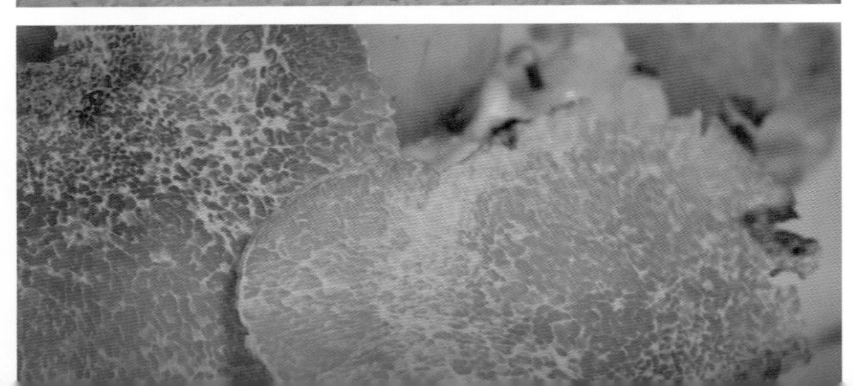

意大利人喜歡沾上橄欖油或黑醋，我也入鄉隨俗，味道果然挺好。

招呼我的 Mr. Diego Bozzolan 在這裏已工作了三十多年，妻子是香港人的他，懂得說廣東話。

先喝一口牛肝菌濃湯，味道十分濃郁，很好喝。

看到枱上的龍蝦意粉，令我想起一個關於意大利人煮菜的笑話。

說如果把他們的龍蝦拿掉，還能做出很多菜。但如果沒有番茄，他們便要投降了，番茄是意大利人的靈魂，煮菜一定要有番茄。

龍蝦意粉

Sabatini 有一道很有名的菜牛仔膝（Osso Bucoo），傳統意式燴牛仔膝。當年引進這道菜來香港時，香港人還不懂欣賞牛仔膝。

吃牛仔膝必定要連骨頭，骨頭內是肥腴美味的牛骨髓，所以吃這道菜會配上匙子，是它的一大特色。

當然少不了番茄醬，配上意大利飯，挺容易做的一道菜，自己在家也能做到。

甜品款式也多，其中雜莓拿破崙做得很出色。

Sabatini 於 1958 年在羅馬開業，1981 年在日本東京開第一間分店，然後在 1983 年在東京開第二間分店；1992 年三兄弟一起來香港經營，我最記得有一位是彈結他的，大哥 Salvatore 戴眼鏡。

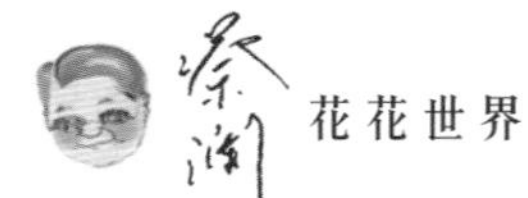

三十多年過去，三兄弟都已經離世了。但食物仍保持水準，這個傳統繼續承傳下去。

欣賞這裏的環境和食物，一定要帶女朋友來細味。

Sabatini Ristorante Italiano
地址：九龍尖沙嘴東部麼地道 69 號帝苑酒店 3 樓
電話：2733 2000
網站：https://www.rghk.com.hk/en/dining/sabatini.php

Sabatini 於 1958 年在羅馬開業，1981 年在東京開第一間分店，然後 1983 年開第二間；至 1992 年三兄弟一起來香港經營。

1981年 日本·東京
「RISTORANTE SABATINI AOYAMA」

1983年 日本·東京
「PIZZERIA SABATINI AOYAMA」

1958年 意大利·羅馬
「RISTORANTE SABATINI ROMA」

1992年 中國·香港
「SABATINI RISTORANTE ITALIANO」

灣仔老字號的暖身糯米飯
強記美食

六十年代，我第一次來香港，那時的冬天非常寒冷。街上差不多人人都穿着當時最流行的的藍色棉襖，我雖穿了，仍冷得發抖。此時聽到有路人說附近有賣糯米飯的車仔檔。

來自南洋的我，從沒吃過糯米飯，好奇糯米飯到底是甚麼？非試不可。

忘不了那碗香噴噴暖笠笠的糯米飯，吃後很感恩，很驅寒，全身馬上暖和起來。

一碗好的糯米飯，先把臘味炒香後，滿滿地鋪在原盤蒸起的糯米上。

一碗好的糯米飯，先把臘味炒香後，滿滿地鋪在原盤蒸起的糯米上，最後灑上葱花便完成。

我這碗糯米飯有兩塊冬菇，有一些臘肉、一些膶腸和臘腸，米飯是精華，粒粒分明，充滿光澤，入口油潤，多年來仍保持着水準。

如果覺得材料份量不夠，想更「豪華」，可以多加一條已切成段的臘腸，還是不夠的話，再加一條膶腸，一碗鴛鴦雜錦臘味糯米飯就誕生了！作為早餐，晚餐或宵夜都是完美的。

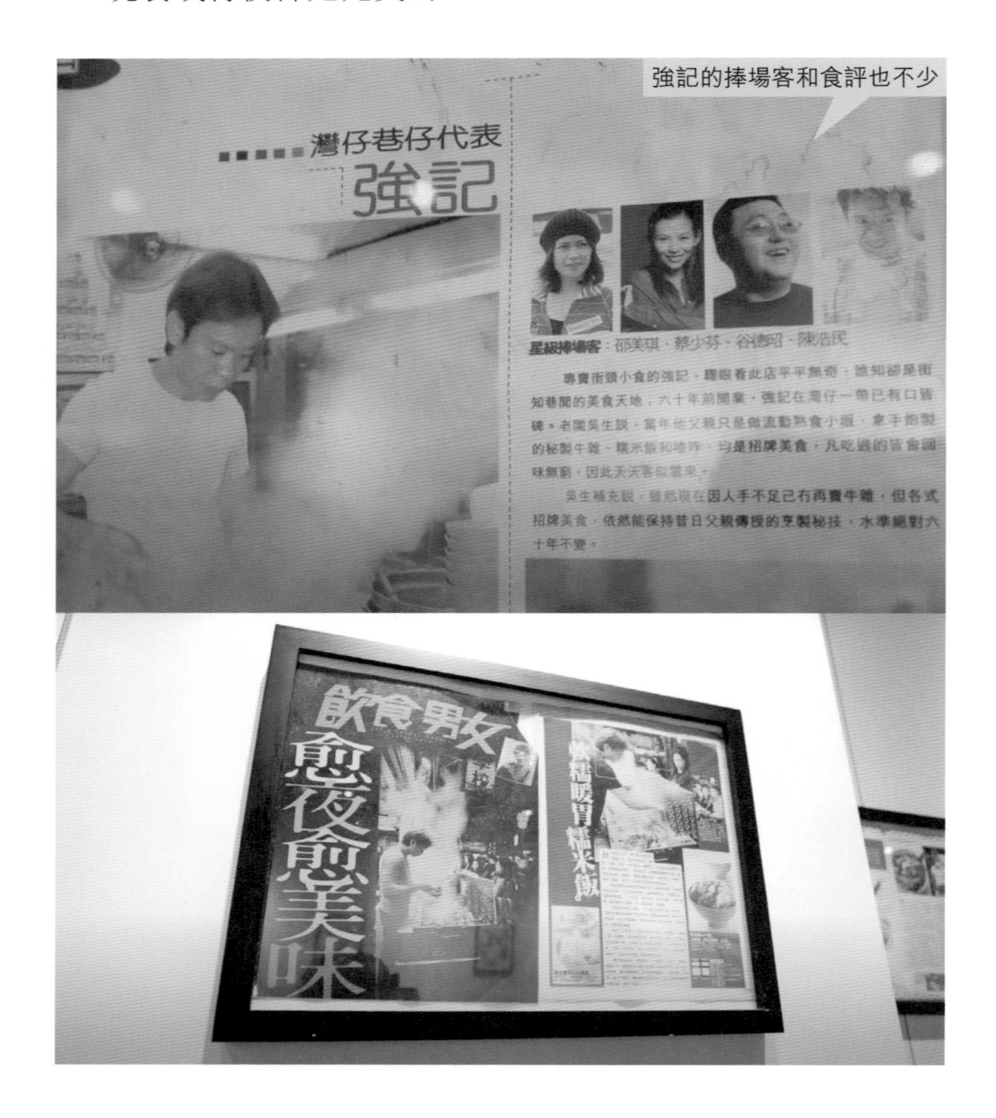

灣仔巷仔代表

強記

星級捧場客：邵美琪、蔡少芬、谷德昭、陳浩民

專賣街頭小食的強記，驟眼看此店平平無奇，誰知卻是街知巷聞的美食天地，六十年前開業，強記在灣仔一帶已有口皆碑。老闆吳生說，當年他父親只是做流動熟食小販，拿手炮製的秘製牛雜、糯米飯和喳咋，均是招牌美食，凡吃過的皆會回味無窮，因此天天客似雲來。

吳生補充說，雖然現在因人手不足已冇再賣牛雜，但各式招牌美食，依然能保持昔日父親傳授的烹製秘技，水準絕對六十年不變。

強記新鋪開張時，我和店主吳氏一家的第二代和第三代閒聊，原來他們是在 1951 年開業，由路邊攤開始，多得食客捧場，後來生意越來越好。於 1997 年搬往馬師道做外賣店，隨着生活環境的改善，在 2021 年遷至同區的現址，增設了堂食位置。

早上十時開始營業，至晚上約六、七時賣光便關鋪；若時間碰不上的話，就吃不到了。

我很喜歡吃這裏的糯米飯，但有些人嫌他們的糯米飯挺硬。

糯米飯外賣回家放久了，水份都蒸發掉，變得粗硬當然不好吃。

只要是堂食的話，絕對是軟綿細膩，能吃出粒粒分明。

生炒糯米飯我非常喜歡，每當胃口不好，便請同事買外賣給我吃。

強記美食連續七年，獲米芝蓮街頭小食推薦的殊榮。

強記美食更獲米芝蓮街頭小食推薦，是連續七年獲得這個殊榮，七個勳章都掛在牆上，挺厲害的。

另一樣我欣賞的食物是碗仔翅，沒吃過的人，可能不知道是甚麼。但對香港人來說，這是一道很親切的街頭美食。

名字叫碗仔翅，但一點魚翅也沒有，材料只有木耳、腐竹和冬菇等，我認為它應同樣得到米芝蓮的推薦，熱乎乎一碗，吃完身體就暖和，是令人感覺很滿足的平民化小食。

很喜歡這間店鋪，記得在 2010 年，我在雜誌專欄就寫了一篇關於它的文章。

那時的雜錦糯米飯，才賣二十元。當今賣到甚麼價格？已賣到四十五元了。

物價通漲是無可避免，唯一不升的，只有打工仔的薪酬，真的對不起他們。就算略為提升，也跟不上時代的步伐。

外地來的朋友，如果你吃過這碗充滿地道風味的糯米飯，便可以跟別人說「我來過香港了」。

只此一家，絕無分店。

強記美食
地址：香港灣仔駱克道 406 號地下
電話：2572 5207
（逢星期一休息）

一啖一回味的脆皮長法包

添記

越南有兩種常見食物：一種是 Pho（河粉），另外一種就是法式麵包。

越南河粉店在香港成行成市，但好吃的法國麵包店，實在沒有多少間。

添記是一間開創先河的店，四十年前已由車仔檔上鋪，我在四十年前已來光顧了。這店已轉手經營了數次，當今的經營者已是第四手了。

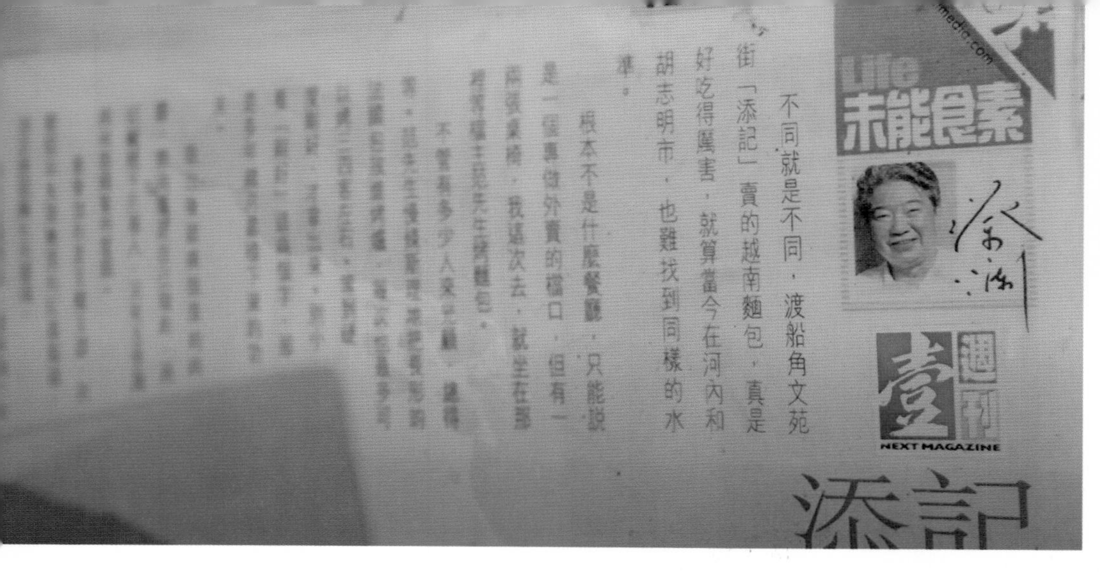

添記的牆上貼滿不同的報紙和雜誌報道，有我在 2009 年的專欄文章和日本雜誌的介紹。

牆上貼滿不同的報紙和雜誌報道，除了我在 2009 年撰寫的專欄文章，日本的雜誌也曾作介紹。

店主許先生和他的拍檔范先生，經營了添記差不多三十年。

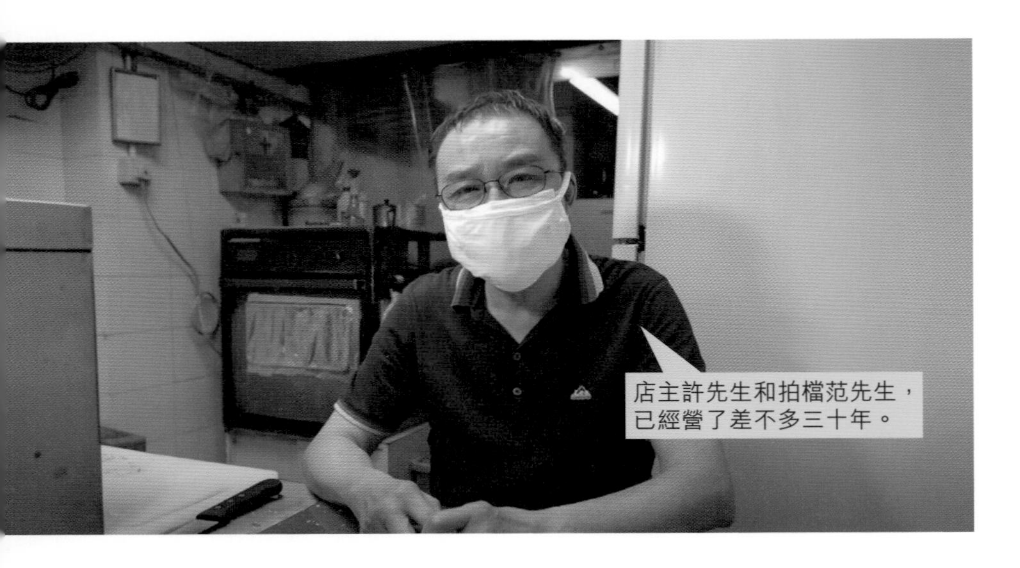
店主許先生和拍檔范先生，
已經營了差不多三十年。

早上十一時開門營業，下午一時半落場回家吃午飯，這時由另一位拍檔來輪更接班，一直工作至晚上七時半。輪到之前上早班的人來接班了，工作到晚上十時關門收工。

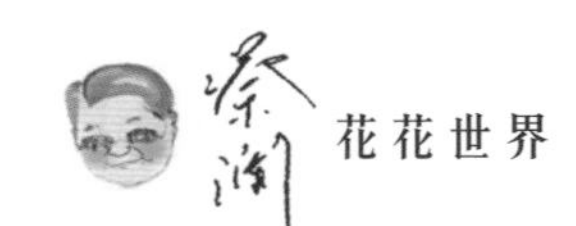

法包分大和小，大法包一個八十二元，小法包一個四十二元，蒜蓉包是十元一個。

法包我最欣賞的並不是它的餡料，而是那個非常出色的法式麵包。

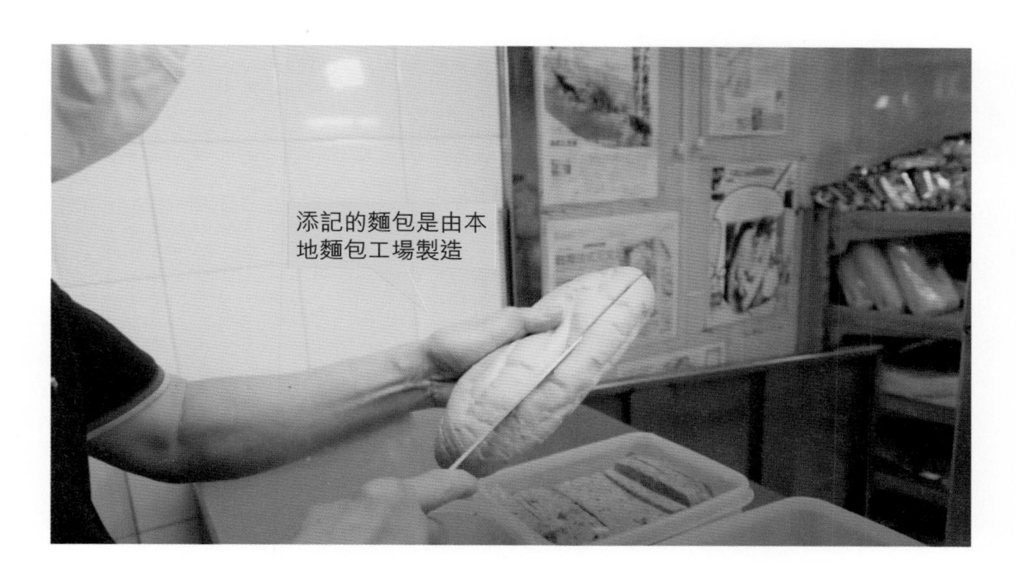

添記的麵包是由本地麵包工場製造出來，早期由法國人親手製作，自他回國後，他的同事便接手，水準仍保持不變。

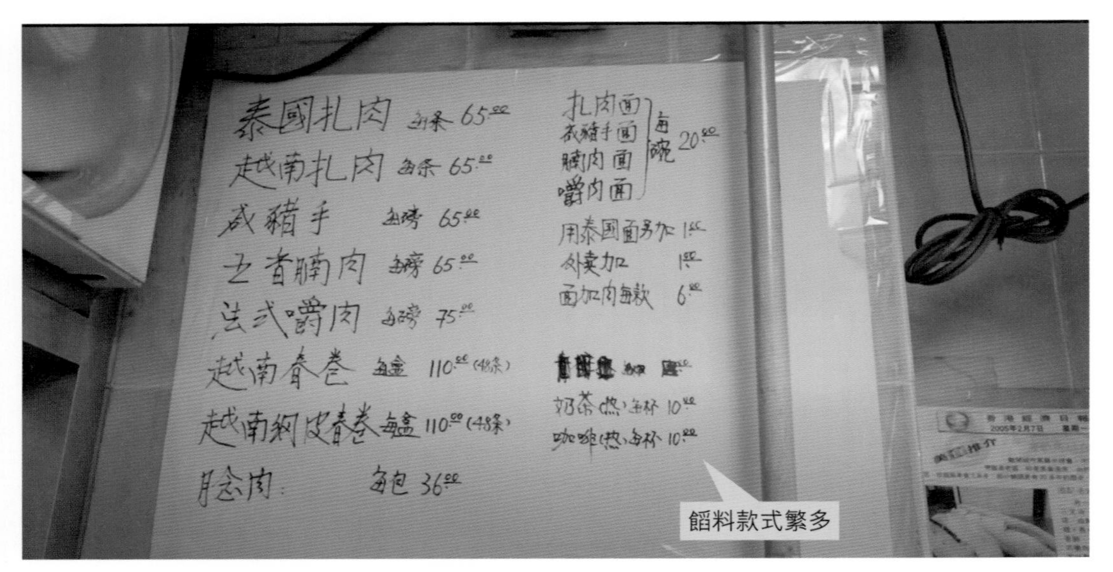

餡料款式繁多

有些顧客來這裏只買麵包，回家沾咖哩吃。烘麵包配咖哩汁，越南餐也有這種食法。

添記的越式三文治，依次序放上德國鹹豬手、滷水醃製過的五香腩肉、法式嚼肉（加工的豬肝醬）和泰國扎肉，然後噴些清水在麵包上，便放進烤爐。為了讓瓜菜保持爽脆，烘烤後才會放已切片的番茄，青瓜和醃製的紅蘿蔔絲。

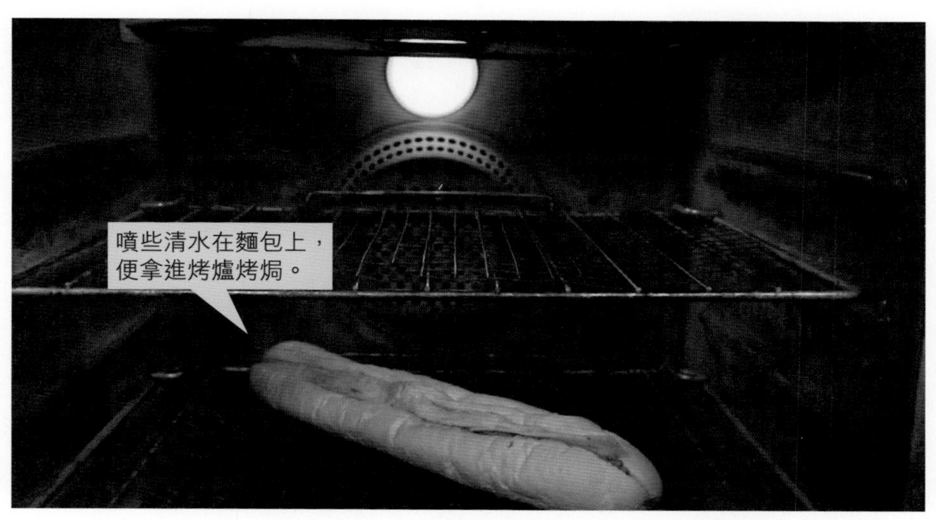

我喜歡沾店主自家調製的越南魚露來吃，麵包咬落脆卜卜，浸滿了又酸又辣的魚露，整個口感也顯得不平凡，不妨買枝來試試。

很多客人並不知道，如果想吃辣，需主動提出，不然店主是不會加上指天椒的。而辣度可分為大、中、小辣。

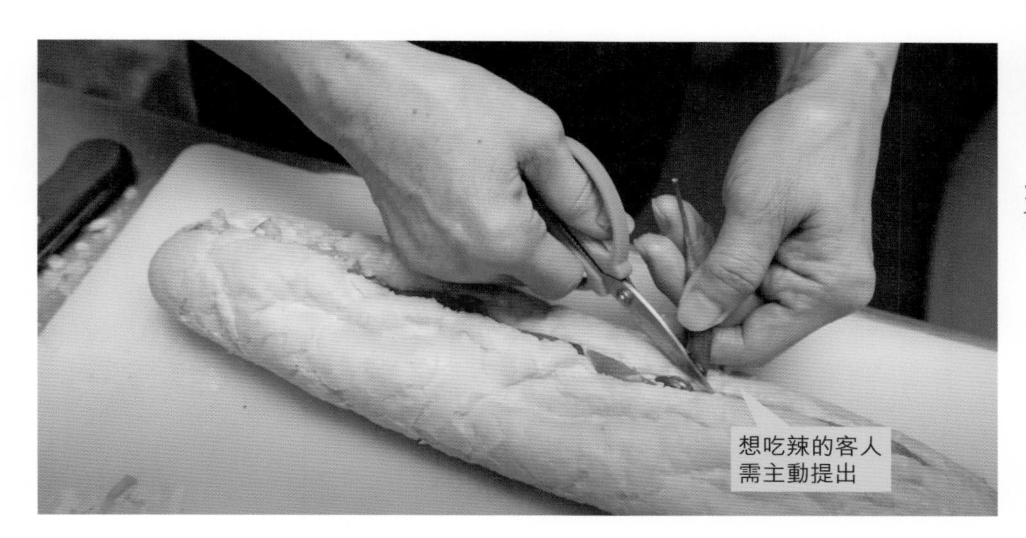
想吃辣的客人需主動提出

客人說小辣，店主就只放一點點，把一條小辣椒剪成五小粒放進餡料中。有趣的是，遇上喜歡大辣的客人，店主會在麵包上拚命放滿指天椒；而其實店主自己卻不吃辣，吃一粒也抵受不了。

看到有客人拿着食物卡來取食物，我好奇一看，食物卡大字寫着「憑卡到取當日食物」，另有一行小字「此卡只限當天有限（效）」，這是甚麼玩意兒？

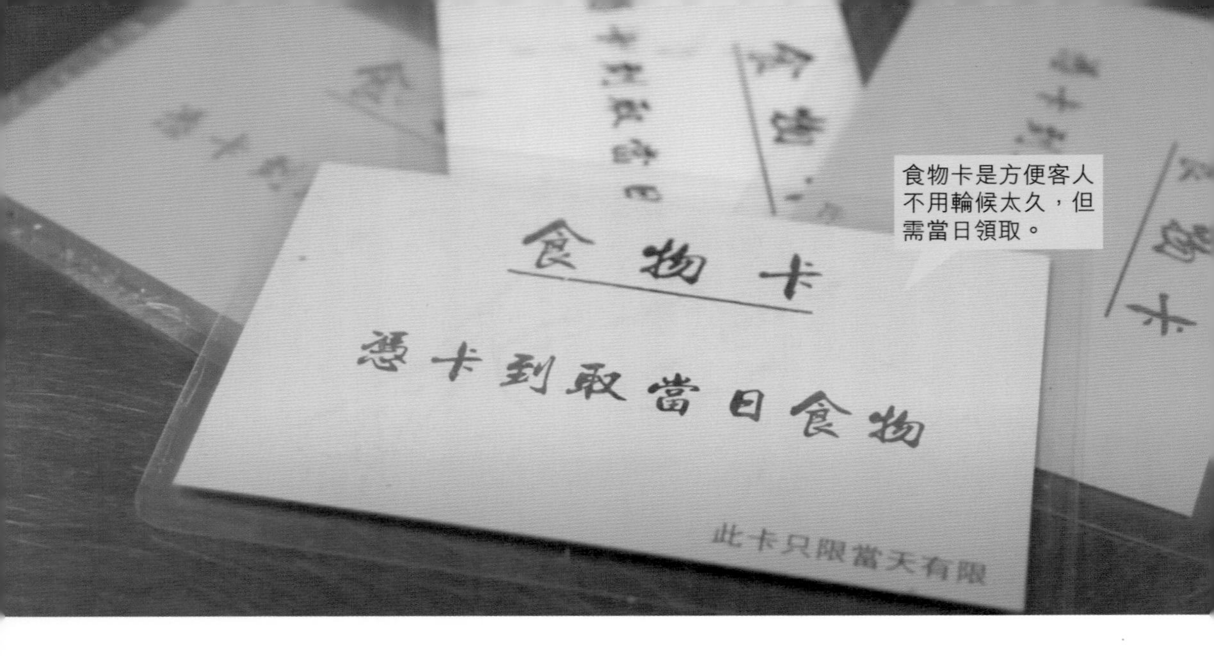

原來是當顧客太多時，有些會留店等候，有些則先付錢離開，稍後才拿着這張卡回來取食物。每天的食物卡顏色會有所不同，以資識別，因卡上已寫明需當天領取，故逾期無效。

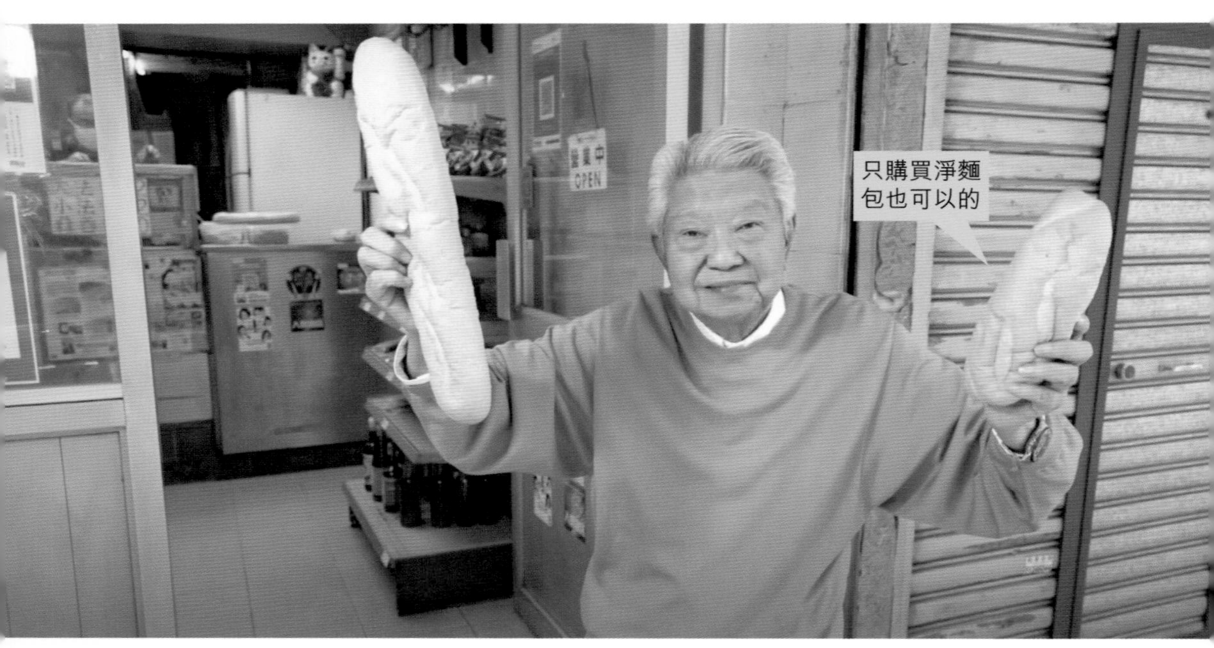

如果你不喜歡放扎肉或其他配料，只購買淨麵包也是可以的，他們的麵包是與別不同，像帶你回到法國去，回味着那份曾經的美味，那份異國的情懷。

添記
地址：九龍渡船角文苑街 30 號文耀樓地下 A 鋪
電話：2385 7939

蔡瀾日記

創發

好幾天沒出門，今早去買菜，順便外食。

去哪裏好呢？想了半天，還是決定再去九龍城的「創發」。

我到這家餐廳很少叫菜，一進門就看到的魚飯，現成的煮炒和甜品，隨便一指一點就行，不傷腦筋。

除非請客，很少叫魚翅、凍蟹、蒸魚等較貴的菜。一般的已滿足，像鹹菜豬肚湯，一試過就知與別不同，那是要用大量的食材，一大鍋煲出來才有的味道，在家裏是絕對煮不出來的。

馬友魚是該餐廳的特色，大的切成一圈一圈煎出來，香味撲鼻；小尾的就用鹹水湯燙熟，放涼後吃，全身是油，「肥美」二字不足形容。

還有那飯後的甜品，芋泥上面鋪着南瓜和白果，一定要用豬油熬出來才香，喜歡吃甜的人可以來個幾碗。

我最愛的一道菜是炸豆腐，一定要用以豆醬出名的普寧運來的食材。潮州菜每一碟都有一種獨特的醬料，炸豆腐的很出奇，把韭菜切成小段，浸在鹽水之中，點時把整塊豆腐擠碎，那種香味，一吃難忘。

地址：九龍城城南道 60-62 號地鋪

電話：2383 3114

2023 年 2 月 2 日 週四

清真牛肉館

外面吃開了，就不想在家裏煮。胃口不振，還是吃點刺激性的較佳。想起「創發」同一區的「清真牛肉館」。

本來在龍崗道營業，當今搬到附近的打鼓嶺道，只此一家。數十年來生意滔滔，賣得最多的，是他們的牛肉餅。

真的是一擠，汁就噴出來。香港最美味的牛肉餅，只有在那裏才吃得到。現食最佳，打包回家，翌日煎它一煎，當早餐。「豪華」一點，加碗咖喱羊肉，用的是小羊的排骨，軟嫩無比。

從前的大廚來自上海，這家人的粗炒也好吃，沒有甚麼配料，但肉汁浸入其中，用的是名副其實的粗麵，當今已少見。

這裏的賽螃蟹也做得不錯，許多客人都愛吃，還有羊肉小籠包，牛肉水餃等等。

已經在國外也打響了「回教食府」這個名堂，中午、晚餐，店裏都擠得滿滿的，可以見到印度、巴基斯坦同胞，各國回教徒旅客也聞名而來，已成香港地標了。

地址：九龍城打鼓嶺道 33 號順景樓地下

電話：2382 1882

椰棗

在香港，甚麼水果都能找到，較罕見的是「椰棗 Dates」。

取這個中文名字，原因是它長在棗椰樹上，像椰子長在椰子樹，小粒而已。

新鮮的椰棗又爽又脆，一口咬下，蜜汁流出，好吃得不得了。它不止甜，所含的果糖在血糖指數是水果之中最低的，糖尿病患者至少有這種水果可以一嚐其味，放心食用。

曬乾後裝在精美盒中，賣得甚貴，停留在阿拉伯國家轉機時，商店中都有大把盒裝可選，當然是最肥大，最不乾癟癟的最好。

但價錢並不便宜，入住杜拜旅館，侍者第一件事就是捧一大盤乾椰棗送你，接着隔三十分鐘或一小時，又送來一回，求小賬而已，但令人十分厭煩。

在香港看到的，多數是新疆蜜棗，個頭也大，但比較起來，椰棗還要甜十倍以上，去新加坡或吉隆坡旅行時，不妨到高級超市找找，試過之後才知，雖貴，但物有所值。

人生課題

人家問我：「甚麼是人生？」

「吃吃喝喝。」我總是那麼回答。

其實吃多了，喝久了，懂得一些，明白一點，比較一下，就知高低，不知道的就問，學問、問學，就這麼產生了。

如果單單是吃吃喝喝的話，那麼不叫人生，那叫豬生。

一面學習，一面享受，多快樂呀。

學到的是，雖然吃，但要適量的吃，不然一定吃出毛病來。學到的是，雖然喝，但最好淺嚐，不然酗酒，一定中毒。

道理就那麼間單。

媽媽的狡兔三窟教訓，是除了正職之外，培養一些興趣，有了興趣，多加研究，成為專家，像吃吃吃喝喝一樣，變成求生本事。這種本事一多，人就不怕老。不怕老，是人生的第一課。

日子過得一天比一天快樂，是第二課。

至於第三課，是不怕痛。生理的痛，可以大吞藥丸，思想的痛，不想就沒事。這是倪匡先生的金玉良言，切記、切記。

問

不懂就問就學的學問，在人生最為重要。

當今有了手機，一查就出，這是你問的結果，這是你的財富。

好在我從小就喜歡問，先問吃，再問喝，後問快樂。

把空餘的時間，用來問你不懂的事和物，是最過癮的了。

司機辭工，好友 Tommy 幫忙我幾天，他本身是一位飛車手，對摩托車和汽車很有研究。汽車是我最弱的一環，一點興趣也沒有，但有那麼一個專家在旁，不問白不問。

這些日子以來，我問了美國車、德國車和日本車的分別，引擎或電動的好壞，甚麼車子坐了最舒服，等等等等。成了百分之一的專家。這些知識都已經是我的了，別人拿不掉。遇到喜歡車子的女人，也可以大談一番。

我喜歡發問的習慣，令我和友人在日本百貨公司購物時，利用空檔跑到香水部門，這種試那種聞，在短時間內也成為百分之一的專家。相信我，日後很好用的。

2023 年 2 月 6 日 週一

笑

近來勤練的書法，內題常含有「笑」 字，如林語堂的句子：「人生在世，還不是有時笑笑人家，有時給人家笑笑」。

臉上一直掛着笑，不是白痴嗎？

笑有很多種，怎麼壞也不會壞過哭。最討厭的只有奸笑。

臉上掛着笑，對方總有好感。笑可以笑得高貴，一過火了就變成淫笑，女人看到了即刻逃避，沒好處。

年輕時，總不屑笑，覺得這是老土，還是做憂鬱狀較受歡迎，再不然就來個憤怒型，但一長大，發現人生已夠苦，這是沒用的。

家庭的壓力已把你變成不會笑的人，只有躲在工作以外的打遊戲中，或養鳥，甚至把溝渠中的浮萍撈回家中，看它長大，就笑了出來。

一有歡樂，就會作更深一層的研究，以為自己是專家時，才看到書中早已有人寫過，而且是幾百年前的事。這時候你就笑不出來，只有去找別的東西讓你笑了。

沙糖桔

從前的沙糖桔，名副其實，外貌雖然又醜又小，但吃進嘴裏，真像塞一把砂糖在口中。

後來奸農為了微小的利潤，把拜年桔的種混了進去，拜年桔又大又美，但酸得像一口醋，真是他媽的王八蛋。

吃過多年的混種貨，已失去信心，但一見到，又難免再次上當，因為以往的回憶太甜美了。問果商：「甜嗎？」他們當然點頭，被騙得多了，便先試再買。

相熟的送一粒吃吃看，第一次買的給你臉色，我經常花錢先買一磅，不行就停止。

只有在這一兩年，甜一點的沙糖桔再次出現，當今的已慢慢改良，有過往的一半甜度，但又是為了微小的利潤，摻了一些酸的。

我的方法是吃到酸即扔掉，反正已越來越便宜，甜的留下，以此類推，到最後剩下的，依甜度吃完。

當今在貴的水果店賣十五塊港幣一磅，北角便宜的二十塊三磅，酸的扔了也不可惜，可惜的是，已近尾聲。

Sadhguru名言

Sadhguru並非一個神學家，他是一個印度的哲學者。淺白的道理，換一個東方的角度來看，令許多外國人折服。名言如次：

一）「你認為上帝一定是好，誰是壞的呢？壞的跑到哪裏去，從何處來？如果上帝沒有創造邪惡，是誰造出來的呢？那麼一定是魔鬼們製了邪惡。這麼一來，上帝和魔鬼是拍檔了，因為兩者是都存在的。」

二）「這世上沒有絕對的好人和絕對的壞人，兩者互相跳來跳去，但是絕對有智者，或者笨蛋。」

三）「自覺是發現自己有多愚蠢。一切都擺在你的眼前，只是你沒有看到罷了。」

四）「過去傷害不了你，未來也傷害不了你，傷害你的是你的記憶，傷害你的是你的幻想。」

五）「如果你想超越自己，你需要有一顆發了狂的心，和清醒的腦筋。」

六）「傳統並非重複，它是利用上一代的智慧，去創造新的可能性。」

2023 年 2 月 9 日 週四

再談 Sadhguru 名言

七）「為甚麼有些人令你厭惡？那是因為他們沒按照你的想像去做。」

八）「小孩子不會聽你的話，他們會觀察着你。」

九）「改變想法容易過改變世界，改變想法才會逐漸改變世界。」

十）「如果別人認為你聰明，這很好呀，如果你認為自己聰明，這代表你很笨。」

十一）「禱告是你想命令上帝做些甚麼，還是冥想比較好，冥想令你知道自己的界限，然後閉嘴吧。」

十二）「最難的使命是要令到大家都高興，最容易的是和大家一塊高興。」

十三）「人生像一顆種子，你可以讓它就那麼放着，或者你可以讓它長成一棵樹、開花和結果。」

十四）「不愉快的事發生了，你應該變得更聰明，你不應該受到傷害。」

十五）「女人比男人弱小，是荒唐的看法。男人都是女人生的，她們怎麼弱小？」

「撈起」

過年時，東南亞華人都吃「撈起」。撈，拌的意思。取自「撈得風生水起」，大家都以為一吃就成為暴發戶。

當今各餐廳都有這個菜式，而且賣得很貴，看其內容，不過是胡蘿蔔絲、炸花生碎、生菜、西芹絲、酸梅膏、桔子汁等，顏色變得七彩繽紛。

最貴的食材是魚生，從前用的是淡水草魚，後來説有蟲不敢吃，都改成三文魚刺身，哪知蟲更多。

其實用深水的西刀魚是很美味的，但產量已少，很難找到，代之的是日本魚生鰤魚、鯖魚、竹莢魚。

最受歡迎的是油甘魚（Hamachi），未滿七十厘米時叫青鮒，大了叫紅鮒，日文稱之為「間八」，因為兩腮之間看來是有個「八」字。

因為食材貴，我們的「撈起」中，油甘魚用得極少，吃起來甚不過癮，要吃的話，最好去日本的中華料理店，他們也受了影響，大吃「撈起」，所用的魚肉又厚又多，吃得非常之痛快，除此之外，不做暴發戶也無妨了。

鮑

當今海味市場上的廣告，賣得最多的是鮑魚了。

甚麼日本鮑、南非鮑、澳洲鮑、韓國鮑、中國鮑，養殖的居多，野生的應該不到全球供應的百分之一吧？

鮑、參、肚、翅，行頭的鮑魚已不值錢，每個餐廳都做。到食物展覽會，首先看到的是一元一隻鮑，大家搶購。

香港人天真得要命，一元一雞的招徠妙計，已經流行數十年，還有人相信。

便宜無好貨，老祖宗一早教導我們，唉，幾千年來，還是聽不進去的。

吃進嘴裏，一般的鮑魚都像咬嚼汽車輪胎，不止一點味道也沒有，看牙醫的費用還要高出許多來。

但是，照吃呀，照買呀。罐頭也有，從一千多港幣降價到百多塊的充市。

還是喜歡從前的車輪鮑，最近又買了一罐全市最貴的來吃。咦，怎麼不香？看樣子，我吃鮑魚的配額已滿。

重播

媽媽一發言，皆舊事，一次又一次。

姐姐與我都在一旁偷笑：「又重播了。」

年紀一大，難免的事。我現在已達家母當年的階段，老毛病都會發生在自己身上了。

聽的人一定會厭煩，我很清楚地知道，但礙於記憶力的衰退，又不知不覺地重播起來。

努力地改正，和別人交談時，想講甚麼之前，都先檢討。不能肯定時，就問道：「我有沒有告訴過你這一件事？」

對方搖頭，我才繼續講下去，但這並不代表我不是在重播，他們只是客氣而已，即使聽過，也假裝沒有。

久了，我可以從他們的目光觀察出到底是不是在重播，記得最好，如果忘記了，也只有請大家原諒。

寫文章也是一樣會重播的，下筆之前，絞盡腦汁不重犯，發現最好的預防，就是不作聲，這也是我越寫越少的原因，別無他法了。

寫作人

作為一個寫作人，我只是半路出家。

很羨慕那些說話滔滔不絕的，他們才有條件寫作，講得出就寫得出，一下筆長篇大論，這是我做不到的。

在邵氏公司任職時，還遇見過一位來自台灣的同事，他不但可以和我談論半天，有時還能自言自語，真厲害。

我從小寡言少語，因為我覺得言中無物最沒趣，也造成我的木訥個性。出來社會，這種行為不受歡迎，才拼命改正。

努力之下，我的話才多了幾句，結果還能上電視做清談節目，但也得有其他兩個好友的配搭才敢做。比較之下，我的話還是最少，故經常自嘲：反正酬勞一樣，為甚麼要說那麼多？

寫作也是努力後變成習慣，篇幅夠了，出版第一本書，再下來就是第二第三第四……當今自己到底有多少本，也記不清楚。別人以為我對文化有使命感，但我自己看到的，只是花花綠綠的鈔票而已，慚愧。

天賦

不能否認，我對某方面是有點天賦。

我很幸運，父母的遺傳讓我得到獨特的嗅覺，對食物十分敏感。

舉個例子，像我們幾個好友昨晚去吃飯，上了一條馬友魚，用花雕蒸了出來，我吃了一口，就聞到一股防腐劑的味道，經我那麼一提，大家也感覺到了。

當今的海產多數是冷凍的，「冷凍」的意思是放在冰格中，已經僵硬，另一種是「冰鮮」低溫處理，事前都得浸一浸防腐劑，這點我分辨得出。

我的所謂才華，是比較出來的結果。我並不懂得吃，我只會比較。和鄰店比較，和鄰縣鄰省比較，再到外國去比較。

我下了很多工夫、時間、金錢後寫出來，大家認為有點道理，就相信了我的話，所以寫吃的方面受歡迎。但是如果我不勤力寫，那就只有幾位好朋友知道而已。

一切還是靠努力，天賦是沒用的。

迪士尼樂園

看楊翺兄帶一家大小遊迪士尼樂園的文章，想起我也到過數次。

一回是和兩個小侄子去佛羅里達的，遊戲的原理，不外是過山車和鬼屋走向現代化罷了，我從小在遊樂園長大，不覺新鮮。

更不喜歡的是米老鼠的女朋友，她穿了一雙過大的鞋子，像運動鞋。想起上小學時坐校車，沒有冷氣，雨天，窗口緊閉。有人脫了鞋，臭氣沖天，印象更壞。

後來因公務重遊，東京的原來可以賣酒，是供應給我們這些所謂高層人士喝的；巴黎的公開賣啤酒，是世界唯一。

覺得好玩的是看了一場立體電影，把觀眾縮小，也把他們放大，忽然出現一隻狗，打了一個噴嚏，特別效果是工作人員從銀幕射出水來，弄得我一身濕，感覺很髒。

不喜歡迪士尼漫畫，大家都說這代表了失去童真，我的確已經失去西方的，幸好能保留看水墨畫卡通、牧童坐在水牛背上吹笛、以及豐子愷先生的所有作品，已滿足，不必看迪士尼。

照片提供：葉安喬

採訪

記者做採訪，我都樂意接受，但是有時候是一種不愉快的經驗，因為他們對我一點認識也沒有，事前也不肯下工夫。

問：「很多人喜歡去日本，但是去了之後又覺得失望，你是否有相同的經驗？如果有，請你詳細說經驗來聽聽。你對日本熟不熟悉？」

答：「第一、我在日本住了八年，請問你，我應不應該對日本很熟悉？第二、如果你看過我的書，你就會知道，我去任何地方之前，一定做好資料搜索，我不會失望或過度期待。第三、每一個人的經驗都不同，不能一概而論。」

問：「請你列舉出你喜歡的十部電影，並分析每一個導演的不同手法。你反對商業性的電影嗎？電影是不是應該為人民服務的？」

答：「看過我的書的人都知道，我認為藝術性電影和商業性電影可以並存。是不是應該為人民服務，這牽涉政治問題，凡是對我有一點點認識的人，都知道我不談政治，只講風月，而且照你的請求，我可以寫成一本書了，恕不回答。」

分享歡笑

好友 Kai Cheung 傳來，借用一下：

Q：醫生，我聽說運動可以延長生命。這是真的嗎？

A：不要把時間浪費在運動上。一切終將枯竭。加速心臟跳動不會讓你活得更久，就像開快能延長汽車壽命一樣。想活得更久嗎？睡午覺吧。

Q：是否應該減少酒精攝入量？

A：哦，不。葡萄酒、白蘭地都由水果釀造或蒸餾，啤酒則由穀物製成。

Q：油炸食物不好吧？

A：植物油炒炸的食物有甚麼不好？

Q：巧克力對我有害嗎？

A：嘿，嘿，嘿！可可豆！

Q：游泳對身材有好處嗎？

A：如果游泳對身材有好處，給我解釋鯨魚。

Q：塑造體型重要嗎？

A：嘿！「圓」也是一種形狀！

我希望這能消除你對食物和飲食的誤解。

最後，日本醫生總結道：先生，人生不該是一次入土為安的旅程，而應是側身滑行——一手拿啤酒，一手拿巧克力——身體完全用完了，精疲力竭，尖叫着：「嗚呼，我的生活真精彩！」

隨便吃你喜歡吃的東西，因為你還會死，不要讓動機演講者欺騙你。

跑步機的發明者逝世，享年 54 歲。

體操的發明者逝世，享年 57 歲。

世界健美冠軍去世，享年 41 歲。

世界上最優秀的足球運動員馬拉多納逝世，享年 60 歲。

但是肯德基的發明者逝世，享年 94 歲。

Nutella 品牌的發明者逝世，享年 88 歲。

想像一下，香煙製造商溫斯頓逝世，享年 102 歲。

鴉片發明者在地震中去世，享年 116 歲。

軒尼詩 XO 發明家 98 歲去世。

這些醫生是如何得出運動延長壽命的結論的？

兔子總是跳來跳去，但牠只活了兩年，烏龜根本不運動，活了 400 年。

所以，休息一下，冷靜，保持冷靜，吃喝玩樂，享受你的生活。你還是會死的。

分享給需要歡笑的朋友。

Sukiyaki

今天，偶然，有人提起《Sukiyaki》這首歌，就不知不覺的哼了起來，試譯歌詞如次：

「仰天望，向前走，別流淚，想起春天，一個人孤單的夜晚。

仰天望，向前走，數着佈滿了星星的天空，想念夏天，一個人孤單的夜晚。

幸福在雲上，幸福在太空。

仰天望，向前走，別讓眼淚沾滿衣襟，邊走邊哭，一人孤單的夜晚。

想念秋天，一個人孤單的夜晚，悲傷在星星的背後。悲傷在月亮的背後。

仰天望，向前走，別讓眼淚沾滿衣襟，邊走邊哭，一個人孤單的夜晚，一個人孤單的夜晚。」

結果在美國的流行曲榜上大紅大紫，美國的唱片商為了讓聽眾記得，改了一個完全無關的 Sukiyaki 為題。

對於日本，此曲有深遠的意義，二戰後的日裔被關在美國的集中營，在敵人的眼中，他們永遠是邪惡的，直到《Sukiyaki》的出現，他們才抬得起頭來。

也應該為它正名為《仰天望，向前走》了吧。

電影製作人

數十年前我寫過一篇文章，介紹一種古老的遊戲，叫「電影製作人」，今天無聊，打電動麻將遊戲，又覺得自己低級，就搬出這老玩意來。

怎麼玩呢？重播一下。

原理是根據「大富翁」演變出來的，你會玩它，自然懂得怎麼當電影製作人。

要成功，你需要以下條件：

一、一個好劇本

二、一個好導演

三、一個出名的男主角

四、一個出名的女主角

五、一個好的製作隊伍

遊戲板上，放兩組卡片：一組製作卡，另一組包括了發行卡、外景卡、慈善放映卡。

玩者選出一位當銀行家，他會給每一個人七十五萬英鎊，因為這個遊戲在 1968 年於英國發明，所以用的錢以英鎊計算。

每個玩者分到一個各種色彩的攝影機，兩顆骰子扔出去，攝影機就會往前走。

外有六個奧斯卡，如果幸運，踏上奧斯卡的格子，便會加分。好，你可以開始玩了。

電影製作

一部賣座的電影，當然有劇本、導演、明星、製作組的組合完成，若能拍出「史上鉅作」便最賺錢，但你不一定有那麼幸運。

退而求其次，你可以拍歷史劇、喜劇、歌舞劇、西部片和恐怖片。

恐怖片最容易拍，拍多幾部來賺錢，用來買其他種類的戲。有時也「刀仔鋸大樹」，恐怖片得到奧斯卡，身價即刻提高。

當然，略懂得電影的人都知道，劇本和導演最重要。如果得到了，千萬不可放手，這組合讓你拍任何種類的電影都有機會勝出。

在你追求好導演和劇本的過程中，你也許會失去一切。這時你可能得奧斯卡，還有機會從「贊助慈善演出」的卡中得到現款，讓你起死回生。

遊戲還有許多轉折、變化、陷阱，像人生一樣。有時不得不出賣一個好導演，來完成一部恐怖片，這是需要運氣和腦筋的，而且越玩越深奧。

怎麼說也好，比電子遊戲高級。

管家的日子

管家把他的新產品帶來香港，大家研究包裝設計，他就是那麼一個一絲不苟的人。

我們的合作是愉快的，我從來不給他壓力，一件產品，來來去去，花個兩三年，隨他。

從哪裏認識他呢？當然是麵了。他做的龍鬚麵那麼細，煮個三四十秒就能吃，比方便麵更方便，燙久了不會斷掉，而且麵味十足。

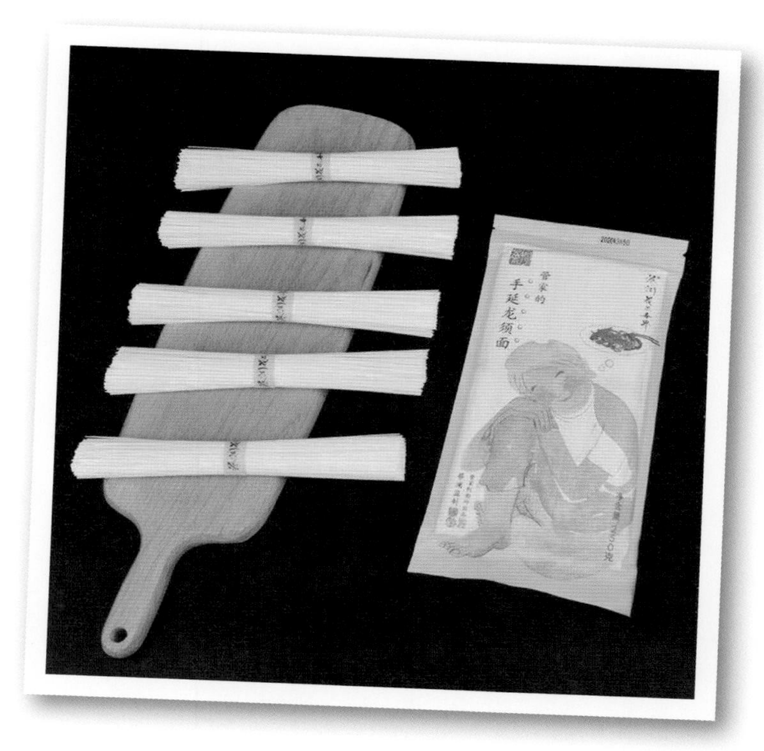

上門求他做的濕麵，不乏其人，我向他說我可沒工夫整天去買，不如做點乾的吧。

乾麵條從此產生，當今他又研發有關麵條的周邊調味料，像牡蠣醬油等。比較之下，他認為日本生產的品質可靠，就跑去研究個老半天。

繼之的是柚子唐辛子、胡麻辣油粉、芝麻醬等等，都可以下麵時撒上。

管家本名不姓管，年少時參加俱樂部，教人游泳，領導有方，大小事都處理得好，眾人都謔稱他為「管家」。做起麵廠來就想到用管家為名，但得不到註冊專利，「管家的日子」，由此而來。

管家的麵

我問管家：「看了蘇蕾為你拍的紀錄片，你在開始產麵時，用的是家庭製麵器，也沒下鹼水，怎麼做得那麼好吃？

管家回答：「我從小喜歡吃麵，家裏只有媽媽和姐姐會做，爸爸就不懂得做，我憑記憶從頭做起。」

「老師傅做麵和半路出家有甚麼不同？」

「傳統總是應該保留的，但他們有一定的規則，半路出家的好處是沒有了束縛，按照自己喜歡的份量，邊學邊做，過程經兩次的發酵，得到理想的硬度。」

「那怎麼會做到大量地賣呢？」

「有幾位食家試過，認為好吃，又有了淘寶上架，大家聽聞之下，越賣越多。」

「那得找一家廠去做了？」

「對，起初他們說份量太少，不能加工。我只有說晚上等他們休息時來做，結果他們答應了，銷路口碑逐漸增加，到最後有一做一噸的份量，他們才點頭，白天也做。」

濕麵

「我第一次吃到你的濕麵，是北京的洪亮送給我試的。」

「對，他一買就是二十公斤。」管家說。

「洪亮拿到官也街火鍋店，老闆 Frankie 和麵癡友人盧健生一起吃，大家都說好。那麼多人喜歡，為甚麼不做兩噸、三噸、四噸？」

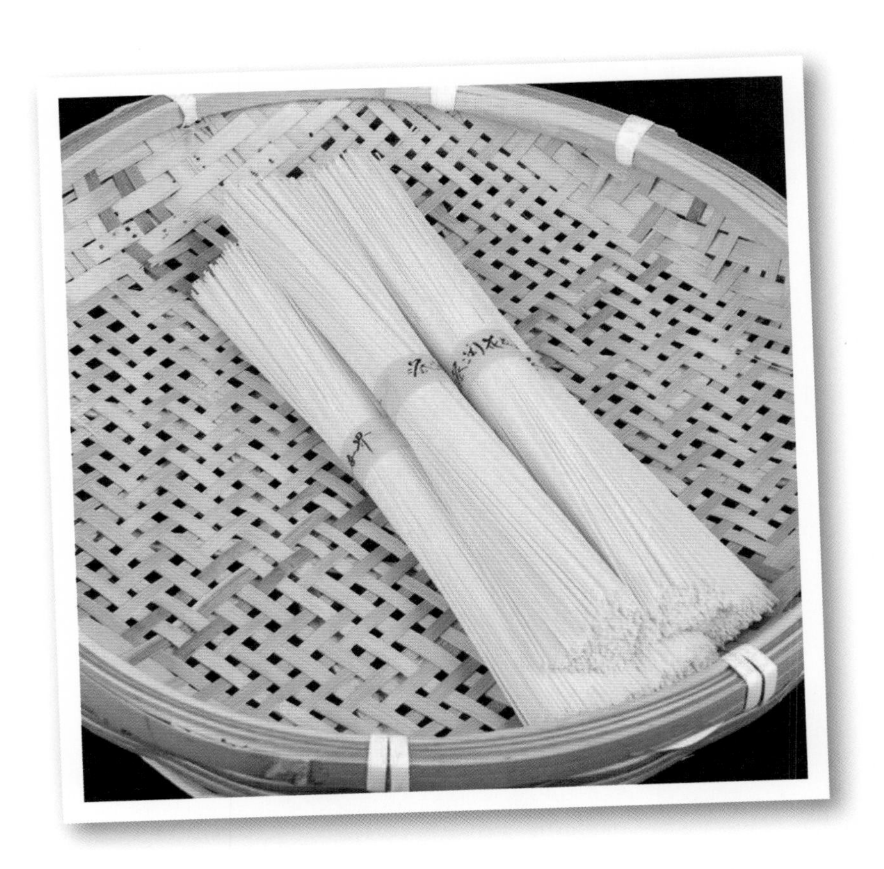

「做多了水準就會參差不齊，到現在還是維持只限賣一頓。中間還有許多人要來投資，我認為這麼一做，就不能完全靠自己的意思，所以開始考慮到你提出的主意，賣乾麵條。」

「為甚麼要試那麼多次才生產得出？」

「盡量把乾麵做到接近濕濕的口感和韌度呀，不容易的。」

「香港的雲吞麵你都試過了？」

「你介紹的我都去了。我認為用竹昇的方法有它的長處，但不是決定性的因素。名家麥奀記都去了，還是他們的分支，你喜歡的『忠記』，躲在永吉街的巷子裏的最好。」

2023 年 2 月 24 日 週五

蝴蝶夢

吉隆坡的好友蔡偉雰，在微信上傳來訊息，問我甚麼時候去走一趟。

正想回覆，又因其他事放下，接二連三的繁忙，眼皮漸重，回到臥室，倒頭就睡。

夢中，我已到達，還是入住蔡小姐為我安排的 Ritz-Carlton 公寓。一共有三間房，一個大廳，一個廚房。友好同行時可住其中一間大房，助手在小房下榻，各自做完事後，就在客廳閒聊兼吃吃宵夜。

翌日一早，按例散步到附近的「永興城茶餐室」，我不喝咖啡，老闆已知習慣，泡了一杯很濃的紅茶給我，熟悉的茶杯和碟子的古典圖案，是咖啡廠免費贈送給店裏用的，看起來格外親切。

跟着便是半生熟蛋，燙的硬一點，滴特濃黑醬油和撒特辣胡椒粉，只吃蛋白，蛋黃棄之。

「阿弟炒粿條」的招牌是我寫的，味道不遜檳城炒粿條，血蚶下得多兩三倍。

馬來檔口叫的「辣死妳媽」上桌，這碟飯不管叫多少餸，主角還是叁巴醬（Sambal，為辣椒醬），越多越好，辣到大叫時，醒來，又夢到蝴蝶，蝴蝶又作夢。

繼蝴蝶夢

繼續發蝴蝶夢。夢到「金蓮記」，去吃炒福建麵，去吃河魚。

除了過譽的「忘不了」之外，所有馬來西亞的野生河魚都十分美味，而且懂得欣賞的人不多。

從價廉物美的巴丁魚到皇帝魚，以及各種可以放進水族館彩色繽紛的不知名魚，只要肥美，都好吃。

另外，夢到的是馬來人做的菜，「亞洲美食頻道 AFN」 有多種介紹，其中一位叫莊文杰的主持人，到過各鄉下的小食店，單單菜式，已有一百多種，我都想嚐一嚐。

還有做給皇室的甜品，也有數百種，令人垂涎。

像加影的沙爹，還保留着馬來風味，雖然眾多老饕說已經變了味，但找友人介紹，還是有好的。

目前只有在吉蘭丹和丁加奴等鄉下找，也許當地人說已經變味，但我們這些初嚐的，還是覺得不錯。就像很多人去新加坡，吃到那種有其形而無其味的，也大叫「好嘢」一樣。

追夢

看舊照，出現了我最喜歡的新加坡小吃店，名叫 Glory，於今年結業，撰文懷念一番。

門口擺着各式各樣馬來小吃，往裏面一看，當然有「辣死你媽」早餐，香蕉粿和甜品。

當中有斑蘭汁皮包着的小丸子，外層沾滿椰絲，放進口中一咬，椰糖漿爆開，是我小時候的最愛，另有用雞蛋殼注入啫喱的，也喜歡。

接着是各種咖喱，魚頭、雞、魷魚和蝦，當然也有只煮蔬菜或雞蛋的素咖喱。

最好吃的莫過於馬來泡菜了，這等於韓國的「辛奇」（Kimchi），不可一日無此君，馬來版的酸甜又辣，百食不厭。

又有一薄餅檔，顯然受福建的影響，不過以馬來食材代之。

椰葉包着魚漿後烤得略焦的烏達（Otak Otak）也很精彩，喜歡的還有炸豆腐，勝在花生醬和小米椒放得極多，也辣死人。受泰國影響的有米暹（Mee Siam），別的店裏吃不到更好的。

只有去馬來西亞找了。

聖人的煩惱

在濕婆節（Maha Shivaratri），Sadhguru於舞台上不停地跳舞，它長着整齊的白色鬍子，穿着豪華的衣著，給大家一個已經很老的印象。

其實他到底有多少歲了？

他在 1957 年出生，不過是六十五歲罷了。

本名叫Jaggi Vasudeva，以一個智者的身份到世界各國演講，回答了很多西方人無法解釋的問題。

最受西方人接受的是他的名言：「如果你本身的思想得不到和平，你根本不必想去創造世界和平了。」

根據一項調查，在 2021 年他的身家已有兩千五百萬美金。

長袖善舞的他建立了許多基金會，又教人瑜伽和冥想、保衛大象 ，以及各種慈善活動，得到廣大人民的支持。

但是他的太太神秘地死亡，直到現在他的岳父還在追蹤蛛絲馬跡來告他，另有兩宗監禁少女的傳說，令他百務纏身，聖人先知，也有不能解決的煩惱。

2023 年 2 月 28 日 週二

柚子

甚麼是 Yuzu ？看西方文獻以及飲食節目，給他們近年發現了，驚為天人。

以為只有日本才有，柚子被叫成 Yuzu 是因為他們不會「Tse」這個發音，變成了「Zu」。其實早已在唐朝出現，但覺得又苦又酸又澀，淘汰了。

但日本人就是喜歡這種香味，製成許多調味品，日常飲食中淋些在食物上。

誰是日本柚子的親戚？一、橙，二、檸檬，三、枸櫞，四、萊姆，五、柑，六、葡萄柚等等，再分細一點，還有北京檸檬，廣東檸檬。

通常日本人會刨一些皮，擠點汁，切些果肉在外表是熟、裏面是生的魚及肉料理之中，稱為「Tataki」。

風乾之後製成粉，滲在醋裏，用途有點像我們的陳皮，但韻味絕沒有那麼長遠。

當今你吃天婦羅，師傅會把柚子和胡椒混合在海鹽中調味，一般家庭只撒在凍豆腐上吃，單調得很。但在西方，便成為高級餐廳大廚的秘密武器，客人一吃進口，又大喊：「Yuzu! Yuzu!」，天真得很。

對聯

發表了一句「嘯傲乾坤酒一壺」，想不到引起那麼多讀者的反應。

多數是胡來，說甚麼：「高吭日月井千蛙」、「快斬陰陽袤千仞」、「笛聲響起震武林」、「風韻猶存勝兩手」等等，平仄不分，又不押韻，笑壞我了。

接近一點的有：「喝悔天地山中湖」、「縱橫天地獨行客」、「輕吟日月拈花笑」、「傾笑風雪飲千杯」、「笑盡天下江湖事」等等。

我也技癢，對了「狂歌天下曲千闕」。 然後寫上：給愛唱卡拉 OK 友人題，一定能夠賣出。若售，就再寫「送給抓住咪不放的人」。為稻粱謀，也不得不寫。

唉，還是選自己喜歡的句子，較為通順：「誰知夢裏乾坤大，只道其中日月長」來獻給老友倪匡兄。

另外出題：「一生大笑能幾回」、「鬥酒相逢須醉倒」，看誰寫得好，有獎。

我醉欲眠君且去
明朝有意抱琴來
榮淵

道具槍

好萊塢新聞，影星艾力 · 保雲開道具槍，打死了女攝影師，法庭正在處理如何告他。拍那麼多槍戰片，應該有經驗，怎麼會弄出這麼大的錯誤？一般他們用的都不是道具，只是子彈沒有彈頭，一切照真槍操作。

香港早期的槍戰片用的，都假得令人發笑，尤其是看張徹的片子，那些盒子炮簡直像太空人用的，那是因為槍火管制得嚴格的關係，假槍從日活片廠買來，由我負責，自己也感到尷尬。

外國人來香港與邵氏合作拍戲，要求逼真，首先由咸馬公司向

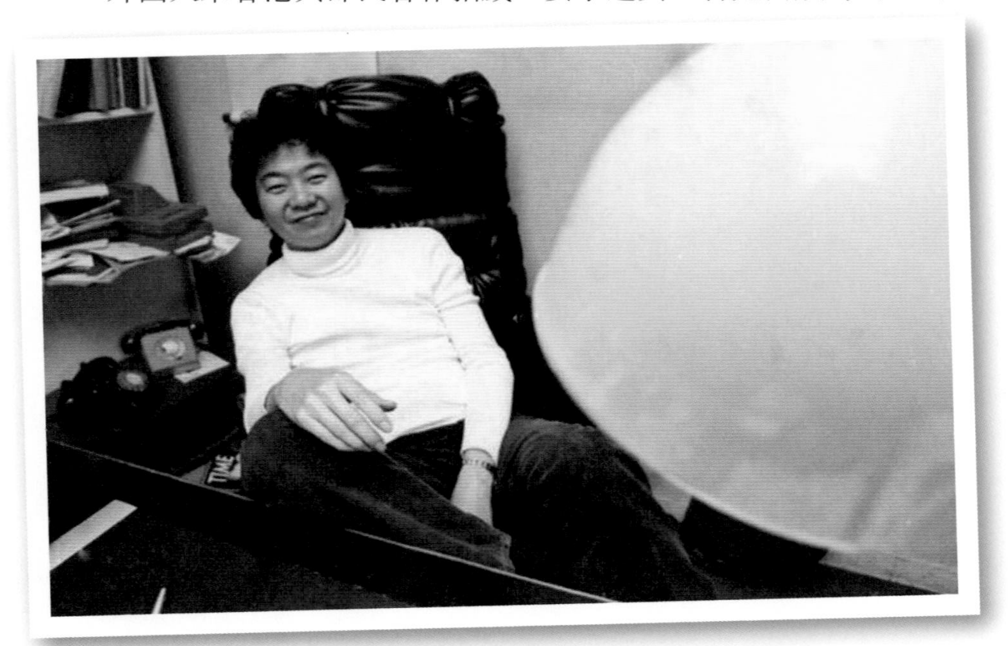

我於邵氏片場辦公室（章國明攝）

警局申請，警方和監製都是英國人，有話好說，就批准了。我還記得是在中環德己立街的一家槍店買的，香港法律，一般人不可用，但可以賣，也是諷刺。

為了安全，警方要求在槍管中焊接了條鐵，萬一裝錯了用真子彈頭，槍管也會先爆裂，不會發生事故。

有一天，警方忽然放鬆，允許了電影製作人用真槍，這大概是從《英雄本色》開始。

道具槍生意

這一來，大香港電影界可樂了。吳宇森選的是 Beretta M9 型號，最好看。意大利人是有這種天賦，從雕刻到時裝都美，連手槍也美。

道具槍如真槍一樣裝上子彈，彈頭部分是用塑膠包住，火藥才不會散開。除此之外，還加了鎂（Magnesium），這麼一來，射出的槍火更光更漂亮。

但好萊塢拍了那麼多戲，還是有意外。工作人員為了安全，還在彈頭上加了一塊薄鐵片，哪知這塊薄片射出時也能殺人，李小龍的兒子就是那麼死的。

有了艾力．保雲事件，真槍今後一定會被諸多限制吧？觀眾是要求逼真，但將越來越不過癮了。

韓國人發奮圖強，看了吳宇森的戲後也大拍槍戰片，他們用的是甚麼道具呢？看手槍的樣子，不像是假的，但如果你仔細觀察，就看得出他們曲尺槍的子彈從來不會跳出殼來，沒有真子彈，就不傷人，是設計得相當好的道具。

香港玩玩具槍的人不少，不如進口一些來賣，一定賺錢。唉，滿腦子生意經，我的前生，大概是生意人一個。

教養

又去 Mercato Gourmet 買食材，這家意大利超市一共有四間分店：灣仔永豐街 3-11 號、半山堅道 53 號、跑馬地成和道 23 號，今天到的是位於半島酒店地庫的。

照慣例買了煙燻豬頸肉（Pancetta），由一大塊方形肉切成一片片，每片五公分厚，真空獨立包裝，回家後要吃時再切成長條，可炒雞蛋，或就那麼煎，做即食麵放幾條進去，才不會寡味。

不習慣的人以為是培根，培根用的是五花腩，這種豬頸肉比培根香得多，試過就知道。

「啪嗒」一聲，一個女士把架上的三四瓶橄欖油推倒，瀉得滿地，她只是說聲對不起，其他不表示，店員們好生為難，也出不了聲。

香港人很少那麼沒教養，打破人家東西就得賠錢，店裏也應該會打個大折回敬，但她卻沒那麼做，悻悻然走了出去。

我看不慣，可是能夠說些甚麼？只能搖搖頭。

泰國零食

我是一個零食大王，看電視時必吃，座椅旁邊擺滿，吃個不停。

零食不一定是甜的，酸、鹹、苦、辣，皆美，而各國的零食中，做得最出色的，是泰國。

首先，是炸豬皮，香脆到極點。到了清邁，你可以看到整條街都在賣，各有各炸，一定有一種你會喜歡。

當成正餐也行，他們和糯米飯一起吃，就是豐富的一頓。

泰國人對零食特別有想像力，甚麼都有，喜歡冬蔭公的，可製成相同味道的，以腰果或椰子為原料，研發出更多的產品。

我每次到九龍城的泰國「昌泰」雜貨鋪，都能找到新零食，先買一點來試試，適口了就大量購入。

老闆娘也愛零食，見到我必介紹新的。今天推薦的是白糖醃製羅望子，她說一收工就吃個不停。拿回家試了，大叫一聲：「英雄所見略同！」

三大珍味

「我甚麼日本菜都吃過。」很多人這麼説。

「三大珍味試過嗎？」別説吃了，他們聽都沒聽過。

「雲丹」、「撥子」和「唐墨」，共稱三珍。

為首的「雲丹」，不是新鮮的海膽，而是醃製過的黃色膏狀物體，又鹹又鮮，非常美味，是下酒的絕品，怪不得周作人返國後還念念不忘，寫信要求朋友寄一些給他。

國外當然買不到，到了日本亦難求。我通常去了福井浸溫泉之後，在一家叫「天辰」的專門店購入。

製造這種海膽膏要用一百個以上的新鮮海膽，才能提煉出 100 克來，在江戶時代，400 克的海膽可以換到一俵大米，而一俵的重量，等於現在的 60 公斤。

怎麼吃呢？用根牙籤挖出來綠豆大小的份量，放進口中，就能慢慢地感覺到它的甜味，或摻一點在溫過的清酒，即有不同的味道，和熟飯一起吃更是高級，通常都不捨得這麼吃。

再談三大珍味

「天辰」本店地址為福井縣福井市順化 2-7-17。當今也不必去那麼遠，可以在各大百貨公司地庫的食品部買到或者郵購：tentatsu.uni。

第二珍味「撥子」（Bachiko），是把海參的卵巢一條條排列曬乾，一頭大一頭小，樣子像日本三味線的彈片。吃法簡單，像魷魚在火上烤，製作起來可麻煩，只有一小撮匠人願意肯做，沒有甚麼大工廠或名牌。

要找的話可到大阪黑門市場的「魚萬珍味堂」。地址為大阪市中央區日本橋 1-21-9。

第三珍味「唐墨」，也就是烏魚子，可在同一家店購買，烏魚子的樣子與墨條相似，故名之。原料鯔魚是海產，淡水烏魚之卵太小，味又太淡，做不成。

壽司店的老闆有些是高手，會自製烏魚子，更有些用別的魚的卵，做出來的更加好吃。到台灣去，通街都賣烏魚子，可惜養殖的居多，不如到意大利食材店去找，他們甚喜歡把烏魚子刨在意粉上面吃，價錢不貴，而且是野生的。

@蔡瀾
weibo.com/cailan

劇毒珍品

談起日本珍味，還有一種不得不提。

有次到金澤的「百萬石」浸溫泉，附近有個「朝市」，那是我最愛逛的清晨菜市場。

當地人說：「我們這裏有種名產，要不要試試？」

沒吃過的，當然得嚐一嚐，看到的是種像鵝肝醬形狀的東西。

「是甚麼？」我問。

他們帶着挑戰的目光回答：「河豚卵巢的漬物。」

一聽名字，別人可能嚇壞。大家都知道這是河豚最劇毒的部分，人家吃得千多年，總不會有事吧？

硬着頭皮也吃了一片，味道很鹹，像魚肝油，不能說得上好吃，但是種新奇的口感。問製法，可複雜。用鹽醃製一年半，然後加上米糠來解毒。

說是不會中毒，也試過吃死十五個人，所以日本政府從不正式批准販賣，本來還有幾十家人會做，到了 2022 年，只剩下五家。在市場上是買不到的，當地老饕也不對外宣傳，自己偷偷地吃偷偷地笑，我也只好學他們偷偷地吃，偷偷地笑了。

荔枝角

上週六，友人高登和湯美帶我到荔枝角飲茶，不去還不知道附近已經將多幢工廠大廈活化，成為年輕人麕集的熱門地點。

大廈中商店林立，還有戲院以及其他西餐廳、新加坡菜和日本料理。

我們去的是一家叫「大公館」的中餐廳，開在長義街 9 號 D2 Place ONE 的 10 樓 A。

坐了下來，先叫幾樣點心，蝦餃的造型很花心思，做成金魚狀，上面還塗了一層金箔，這層金箔在造型上合情合理，一點也不勉強。三個人每人一隻，味道也相當不錯。

接下來的是迷你薑醋豬腳，也是每人一塊。糖醋的醬汁略淡，薑味夠濃，用個小木桶裝着，賣相甚佳。

叉燒包只是圓圓的一個個白色球狀，不特別，味道還可以。

得獎菜是餐廳的糯米雞，整隻雞塞滿了糯米後油爆，份量極大，如果改為乳鴿，應該更好，糯米乳鴿這名字聽起來也較為特別。

中午並不擁擠，安靜地飲一頓茶，不錯不錯。

喝茶

喝茶已經是我日常生活的一部分，是一早起來第一件要做的事了。

認識我的人都知道，我最喜歡最愛普洱，越濃越好，似墨汁最佳。這個胃已經訓練到鐵打的了，醉茶這種毛病不會發生在我身上。

普洱是一早買的，趁還沒漲價，所存的舊茶夠我喝到老。要是當年沒有這個先見，照目前的價錢，可能喝窮。

戴偉強兄是位好朋友，他是杭州人，每年必寄明前龍井給我，我不捨得喝，都轉送倪匡兄，日子久了，忘記了龍井的美味。

自從他去世之後，我開始打開那熟悉的紙包裝，是「獅峰龍井」的「風篁嶺」出品。這一喝，不得了了，上了癮，所以每早除了普洱之外，還要來一杯龍井。

龍井不必用紫砂壺或茶盅，它很乾淨，就那麼放進玻璃杯中，沖熱水即可飲之。我用了一個大杯，那是喝威士忌加冰時用的，隔着透明的杯子，細觀茶葉沉浮，又多了一種人生樂趣。

喝茶樂趣

普洱及龍井喝悶了，我還喜歡泰國手標的紅茶。

這產品在茶葉之外，一定下了很多其他香料。顏色也厲害，在茶杯中留下了一圈圈的紅印，仔細洗才沖得掉。

愛上手標茶的另一原因，是我在泰國拍戲時住上了一段很長的日子，當年沒有普洱喝，紅茶代之，不加糖，淨飲。

在西班牙生活時，當地人只喝咖啡，甚麼茶葉都買不到，只有在超市中買立頓牌的黃色茶包，偶爾我也會喝回這種最普通的紅茶。

回到香港，甚麼茶都有，反而對潮州人喜愛的單叢茶不感興趣，他們從前愛喝的鐵觀音也只剩下香味，而忘記了鐵觀音是調和了新茶的香、老茶的色，和中茶的甘——那才叫鐵觀音呀。

那批放在雪櫃中保鮮的龍井快要喝完，春天已至，不久，又能喝到明前龍井。茶能喝出季節來，又是另一種樂趣。

2023 年 3 月 12 日 週日

出書

「天地圖書」的資深編輯阿芬來電話，說是時候出版「蔡瀾日記」了。

寫呀，寫呀，每天記載，刊登在臉書上，沒有稿費。從前在報紙上寫，一年就有一百萬港幣的收入，當今沒有這支歌仔唱了，但能出書，也算是一點點的補償。

最初記日記，是沒有題目的，後來為了方便尋找，加了上去，但是單單是年月日的話，查起來資料是不足的。

阿芬建議，出書時另外加上照片，會更精彩。本來可以在「谷歌」上找沒有版權的，但像素太低，不適合使用。

那怎麼辦才好？只有在自己拍過的照片中尋找，不知不覺，我的照片圖庫中也有好幾萬張照片，希望有對題的。

即使加上照片，也會在閱讀時損失了想像的空間。我的寫作一向以文字取勝，出書時勉強加上，也不一定是件好事，不過這回我會尊重編輯的意見，希望讀者喜歡。

牙醫

牙齒晃動，是看牙醫的時候了。

從前認識一位專家，叫黎湛培醫生，有甚麼毛病，他都説：「能解決。」

牙醫是天下最恐怖的人物，遇黎醫生時，他六十多些，有一副慈祥的臉孔，知道我怕拔牙，他就説：「能解決。」

我才不相信。

時間到了，叫我躺在那張彎曲的椅子上，黎醫生留英，一直聽着 BBC 的廣播，他微笑着，用一口罩蓋着我鼻子，然後滴幾滴藥。

我聽到從收音機傳來的是溜冰圓舞曲《The Skaters Waltz》，一群舞孃團團轉，美妙之極。

過了不久，黎醫生拍醒我，説一切搞定。我從此甘拜下風。為了答謝，邀請黎醫生免費參加我的旅行團，但他説有條心愛的小狗，離不開牠，不肯出門。

黎醫生退休後，由蕭嘉儀醫生接班。

至於她肯不肯拿出絕技來，今天問了她，回答和黎醫生一樣：「能解決」。病人有福了，但得事前商量。

護法團聚

從廣東到香港較近，一群愛吃東西的護法，常在疫情之前，每年來個一兩次，相聚甚歡。

已隔三年未見，問說要吃些甚麼，總沒答案，要我決定。這回想起「甘棠燒鵝」，主要是讓他們喝口靚湯，他們東莞的荔枝木燒鵝已經是不錯的。

果然，西洋菜和生熟地兩味老火湯，讓他們滿意。Jacky 更從虎門帶來土特產，是「臘鴨喉」，我放在店裏，請師父研究後下次去試。他說用白蘿蔔來燉極佳，煲西洋菜陳皮高湯都不錯。

有些菜聽都沒聽過，像鹹蛋黃豬大腸、鹹竹蜂燉東莞三賤寶、鴨粉腸、湛江雞炊飯等等。

最古怪的是一道叫「鵝鞭湯」的古老菜。一隻鵝的雞雞有多大？就算用幾十隻也不夠吧？

想起這些鞭類食物，有次友人做了「啫啫豬鞭」給我吃，豬的通常一早就被閹掉，是「漏網之『雞』」。

一看，不是很大，像一捆草繩，但尖端可出奇，像螺絲一樣，彎彎曲曲，會一擊即中，每次總生十幾廿隻小的。

老朱，厲害、厲害。

水仙

寫茶那兩篇日記中，漏了也時常喝的水仙。這是一種製法的名稱，和鐵觀音一樣，並非茶的名字。

水仙產自武夷高山，為野生的，和一般種植的矮小茶種不同。老茶樹可長至數十丈之高，樹幹雙人或三人合抱之巨。因長在岩石上，吸取它的味道和甘香，喝起來是獨特的。

我常去買的是一家叫「堯陽茶行」的老鋪，焙茶技術高超。葉子裝進粉紅色的鐵罐中，每罐 100 克。自古以來，就賣到南洋和台灣去，很受當地人歡迎，小時候叔伯們喝的，就是這種茶，記憶猶新。

有何特點呢？空腹時喝茶，不習慣的人會「醉茶」，暈陀陀的，比醉酒難過，甚麼藥也救不了，唯有喝水仙能治之。

朋友來到，常到他們的鋪子中試茶，那種甘味，坐車從港島到九龍，還久久不散，試過才知。

售價也合理，在店裏還可以很便宜的買到喝得過的普洱。

地址：上環文咸東街 70 號地下

電話：2544 0025

2023 年 3 月 16 日 週四

配額

好久未喝酒了，一下肚就有點昏昏的感覺，是不是有如倪匡兄所說的「酒的配額已喝完了」呢？

他老兄對酒總是千杯不醉。按他說，酒是天下最奇妙的飲料，耶穌創下的第一個奇蹟，就是把水一變，變成了酒。

後來，一天，有人見到他忽然不喝了，又問，他回答說：「是耶穌叫我別喝的。」

但是，同一個人又看他再次豪飲時，問同個問題，他又回答：「壞酒的配額的的確確是用完，但好酒的，現在開始。」

總之你是說不過他的，他是外星人。

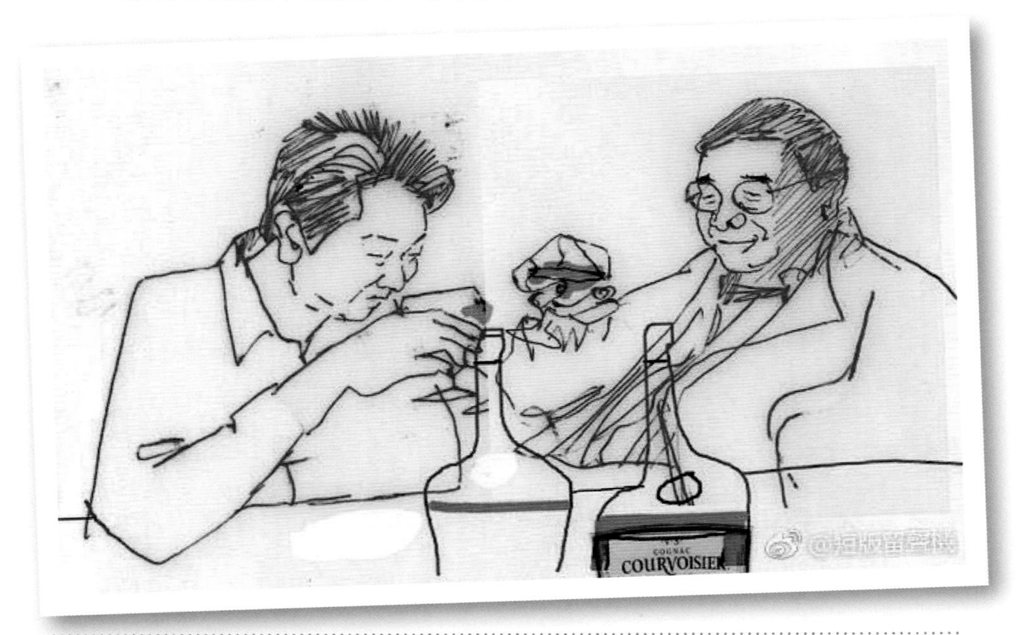

至於我自己的配額有沒用完不知道，只覺喝得沒以前那麼痛快，既然如此，便少飲。事情就是那麼簡單。

但今天怎麼醉了？是因為傅小姐拿來的酒。我一向對紅酒的興趣不大，嫌它酸。傅小姐的一點酸味也沒有，又香又醇，真是那麼厲害，喝了只會笑個不停。

喝來自波爾多的 Cheval Blanc，而勃艮第則是她和我的最愛 A. Rousseau Chambertin，絕對沒有配額問題。

談威士忌

當然，幾杯紅酒不至於令到我不省人事。晚上到了，在好友張文光家吃飯，他拿出一瓶 18 年的「山崎」單麥芽酒，一入喉，醇厚無比，又即刻大飲。

現在國內的威士忌大行其道，我早就預言，對外國烈酒的接受，一定先從白蘭地開始，它的市場策略非常厲害，又甜甜地容易喝進口，摻甚麼其他飲料都行，必定先受歡迎。

再喝下去，覺得糖份太高，有點膩了，才進入喝威士忌的階段。其實天下飲者到最後的共同點，都喝此酒。

威士忌的老祖宗是蘇格蘭，我們要回到它的懷抱，還有一點距離。之間忽然大家都大讚日本單麥芽威士忌，搶着去喝。

日本人做事一板一眼，向最好的去學，那就是泡在雪梨木桶裏的原味，它最正宗。我們現在喝的有多種其他的木桶味，甚至泥煤味，都說那才是好的，嫌雪梨桶不好喝，真是莫名其妙。是的，還有一段距離，才能真正欣賞。

閩南小吃

福建很大，各地食物不同，我熟悉的是泉州一帶的閩南小吃。食慾越來越劇烈，甚至到了非專車前往不可。

僅存的一家小餐館叫「真真美食」，就在春秧街街頭，很容易找，店口擺着各種糕點，售價便宜。

店裏玻璃櫥櫃中有各種小菜，少不了的是菜脯蛋、炒芥菜或豆芽，也有小魚的半煎煮，或醃鹹後再炸出來的，異常美味。

看到花生罐頭，這是甜食，想不到的是拿來鹹煮，打了個雞蛋進去，撒上鹽，味道也配合得極佳，一點也不怪。

福建炒麵是我必點的，用粗大的黃油麵，煨上湯炒成，配料有豬肉片，高麗菜，但是主要的是小蠔、雞蛋等，美味至極。

捧着肚子走出來，生果店的水果賣得比香港任何一個地區都便宜，種類也多，那是小販們不怕辛苦，一早在果欄進貨，才可以賣得那麼便宜。

香港有兩個代表性的菜市場，那就是九龍城街市和春秧街菜市了，喜歡逛市場的遊客，不能錯過。

2023 年 3 月 19 日 周日

禮拜天

我做的醬料受香港廣大老饕們的歡迎，因為是人工一一炒作，產量有限，導致供不應求，當今高薪請來高手，又能增加生產，時間已經成熟，可以賣到上海去了。

途徑也是很重要的，萬一找不到可靠的代理，在搬運途中少了任何一道程序，都可以令到水準下降。

當今和香港最大最熱門的國際超市 city'super 達成協議，由他們負責進口及發行到上海，品質有所保證。

三家店的地址是：

一、上海市徐匯區淮海中路 999 號 iapm 環貿廣場地下一層

二、上海市浦東新區陸家嘴世紀大道 8 號上海國金中心商場地下二層

三、上海市靜安區南京西路 789 號興業太古匯 LG2 層

希望大師傅繼續為我服務，原料我當然買最好的，做出來的各種醬料能滿足各位的口味，謝謝。

石牆道韓國料理

吃了傳統韓菜，多數去光顧了數十年的「阿里朗」，差點忘記了尖沙嘴咀這邊的「石牆道」。上次帶友人去，他對人參天婦羅留下很深的印象，今天又想吃，就拉隊去。這家人做這道菜已成為他們的招牌料理，看每桌的客人都點。

另外出名的有醬油蟹，我並不贊同。醬油蟹我只去首爾的「大瓦房」吃，他們做了幾百年，一有毛病店鋪即刻倒閉，絕對不會行差踏錯。

「石牆道」的牛肉選得好，眾客都點，尤其是吃生的，伴着梨絲和蜜糖，異常美味。友人一向很膽小，不碰這些不熟悉的菜，但把生牛肉塞入口一吃，即刻上癮，喊着下次再來。

這裏的拌菜也豐富，拌菜也就是贈送的小點，通常分讓韓國人吃或香港客吃，上桌一看，都是韓國老饕吃的，花樣齊全，連生腌蚶子也有。

我們還叫了一大碟的辣醬拌麵，裝着大把野菜，配石頭飯就不會嫌菜少了，吃得不亦樂乎，其他新派韓國菜不會去碰了，也沒那麼多菜供應。

地址：尖沙嘴金巴利道27-33號永利大廈地下
電話：2311 9878

2023 年 3 月 21 日 週二

危險料理

凡是生吃的東西，以及帶毒的，我們都叫它為危險料理。

避而遠之呀？怎麼可能！那是名副其實，好吃得要命的東西，而且危險性越強越想去挑戰。

吃呀吃呀，吃出智慧，危險料理，是可以克服。

首先得選出料理人自己賭上前途的食物來吃，舉個例子，像我之前提起過的「喜樂庵」，它是一家河豚專門店。

那麼多年能生存下來，也靠地理環境，大家都以為日本山口縣的下關是最豐盛的，其實不然，下關的河豚，已多來自韓國。大分縣的臼杵才最好，大家偷偷吃，不告訴你。

「喜樂庵」供應河豚全餐，甚麼部位都有把握做給客人吃，老闆娘每天穿着端莊的和服待客，手下一群女侍細心招呼，而且價錢便宜得令人感到意外。

問她為甚麼那麼有信心把這家店一代傳一代的做下去？她回答說：「傳到我已是第三代，我把一切都付出，又嫁了這位最好的師傅，你說我應不應該做好它？」

地址：日本大分縣臼杵市城南 9 組
電話：+81- 972-63-8855
網址：https://www.kirakuan.jp/top2

淡水魚刺身

有些人認為生吃海魚無事，但是淡水的絕對不能去碰，這也沒有甚麼道理。應該説深水魚可吃生的，淺水的寄生蟲多，不行。

但是順德人一向照吃不誤，後來有人反對，那是因為河水污染的關係。但潮州人也吃草魚刺身，新加坡人則以海水的西刀魚代之，泰國華僑猛吞，不見有人中毒。

去到「廖西成」或「笑笑」，看到架子上掛着草魚魚生，忍不得不叫，而且很奇怪地，都吃了沒事。

照片提供；劉御風

我本人的經驗呢？可以吃。

人家可以吃，我就可以吃，大不了最多是拉肚子，不會死人。

別因為其他人怕了就不去嘗試，那損失太大，草魚照吃吧，有一種台灣人叫「蜊仔」的小貝生醃了更是美味，山東人的生海腸已是小意思了，生螃蟹、生蝦都可以吃，只要懂得一些原則，你會發現，好吃得要命，不知道如何停止。

暫停數日

日記主人抱恙，暫停數日。又，住院跟吃危險料理及淡水魚刺身無關，請放心。一笑。

2023 年 4 月 18 日 週二

日後再談

日記停了下來，又沒向大家說明原因，真是對不起各位。

我摔了一跤，把股頸骨摔碎了。醫生即刻為我換了一塊金屬的，當今在醫院休養。

這一病，手尾很長。我心情也不佳，不想做任何事，請大家原諒。

日記何時再續，也不去想了，請大家給我一些空間。日後再談。

書　　名	蔡瀾花花世界X日記
作　　者	蔡　瀾
封面及內文插畫	蘇美璐
責任編輯	吳惠芬
美術編輯	蔡學彰
文字整理	吳惠芬　尹發
出　　版	天地圖書有限公司
	香港黃竹坑道46號新興工業大廈11樓（總寫字樓）
	電話：2528 3671　傳真：2865 2609
	香港灣仔莊士敦道30號地庫（門市部）
	電話：2865 0708　傳真：2861 1541
印　　刷	亨泰印刷有限公司
	香港柴灣利眾街德景工業大廈10字樓
	電話：2896 3687　傳真：2558 1902
發　　行	聯合新零售（香港）有限公司
	香港新界荃灣德士古道220-248號荃灣工業中心16樓
	電話：2150 2100　傳真：2407 3062
初版日期	2024年7月

ISBN 978-988-8551-42-2